Prinzessin Mäusehaut

Internationale Märchen für Erwachsene

Herausgeber
Märchen-Stiftung Walter Kahn Braunschweig

Prinzessin Mäusehaut

Märchen der Brüder Grimm für Erwachsene

Ausgewählt von
Max Lüthi
Träger des Märchenpreises 1988

CW Niemeyer

CIP-Titelaufnahme der Deutschen Bibliothek

Prinzessin Mäusehaut : Märchen der Brüder Grimm für Erwachsene / ausgew. von Max Lüthi. - Hameln : Niemeyer, 1991
(Internationale Märchen für Erwachsene, Bücher in großer Schrift)
ISBN 3-87585-222-2

Herausgeber Märchen-Stiftung Walter Kahn, Braunschweig
Umschlaggestaltung: Christiane Rauert, Dortmund
Satz: Fotosatz Glücker, Würzburg
Gesamtherstellung: Ueberreuter Buchproduktion, Korneuburg
Printed in Austria
ISBN 3-87585-222-2

Zur Einführung

Dem Volksmärchen wohnt eine eigenartige Wirkungskraft inne. Es übt seine Macht nicht nur auf Kinder jeder neuen Generation aus. Auch der Erwachsene erfährt wieder und wieder seinen Zauber, denn das Volksmärchen ist ursprünglich in allen Völkern vorwiegend für Erwachsene erzählt worden.

Das Märchen bleibt uns rätselhaft, weil es wie absichtslos das Wunderbare mit dem Natürlichen, das Nahe mit dem Fernen, Begreifliches mit Unbegreiflichem mischt, so als ob dies völlig selbstverständlich wäre. Das Geheimnis des Märchens ruht im Gegensatz zu Sage und Legende nicht in den Motiven, die es verwendet, sondern in der Art, wie es sie verwendet. Das Märchen erscheint neben Sage und Legende als Kunstform.

Was aber will das Märchen? Es will nicht nur unterhalten, es zeigt den durch Abenteuer verursachten Entwicklungsprozeß des Märchenhelden auf seiner Suchwanderung und will in Bildern dargestellte Lebensregeln und in Jahrhunderten komprimierte Weisheiten weitergeben an kommende Generationen.

Max Lüthi

Inhaltsverzeichnis

Prinzessin Mäusehaut

Ein König hatte drei Töchter; da wollte er wissen, welche ihn am liebsten hätte, ließ sie vor sich kommen und fragte sie. Die älteste sprach, sie habe ihn lieber als das ganze Königreich; die zweite, als alle Edelsteine und Perlen auf der Welt; die dritte aber sagte, sie habe ihn lieber als das Salz.

Der König ward aufgebracht, daß sie ihre Liebe zu ihm mit einer so geringen Sache vergleiche, übergab sie einem Diener und befahl, er solle sie in den Wald führen und töten.

Wie sie in den Wald gekommen waren, bat die Prinzessin den Diener um ihr Leben; dieser war ihr treu und würde sie doch nicht getötet haben, er sagte auch, er wolle mit ihr gehen und ganz nach ihren Befehlen tun.

Die Prinzessin verlangte aber nichts als ein Kleid von Mäusehaut, und als er ihr das geholt, wickelte sie sich hinein und ging fort. Sie ging geradezu an den Hof eines benachbarten Königs, gab sich für einen Mann aus und bat den König, daß er sie in seine Dienste nehme. Der König sagte es zu, und sie solle bei ihm die Aufwartung haben. Abends mußte sie ihm die Stiefel ausziehen, die warf er ihr allemal an den Kopf.

Einmal fragte er, woher sie sei. „Aus dem Lande, wo man den Leuten die Stiefel nicht um den Kopf wirft." Der König ward da aufmerksam, endlich brachten ihm die anderen Diener einen Ring; Mäusehaut habe ihn verloren, der sei zu kostbar, den müsse er gestohlen haben. Der König ließ Mäusehaut vor sich kommen und fragte, woher der Ring sei.

Da konnte sich Mäusehaut nicht länger verbergen, sie wickelte sich von der Mäusehaut los, ihre goldgelben Haare quollen hervor, und sie trat heraus, so schön, aber auch so schön, daß der König gleich die Krone von seinem Kopf abnahm und ihr aufsetzte und sie für seine Gemahlin erklärte.

Zu der Hochzeit wurde auch der Vater der Mäusehaut eingeladen, der glaubte, seine Tochter sei schon längst tot, und erkannte sie nicht wieder. Auf der Tafel aber waren alle Speisen, die ihm vorgesetzt wurden, ungesalzen, da ward er ärgerlich und sagte: „Ich will lieber nicht leben als solche Speise essen!" Wie er das Wort ausgesagt, sprach die Königin zu ihm: „Jetzt wollt Ihr nicht leben ohne Salz, und doch habt Ihr mich einmal wollen töten lassen, weil ich sagte, ich hätte Euch lieber als Salz!“

Da erkannt er seine Tochter und küßte sie und bat sie um Verzeihung, und es war ihm lieber als sein Königreich und alle Edelsteine der Welt, daß er sie wiedergefunden.

Der treue Johannes

Es war einmal ein alter König, der war krank und dachte: ‚Es wird wohl das Totenbett sein, auf dem ich liege.' Da sprach er: „Laßt mir den getreuen Johannes kommen." Der getreue Johannes war sein liebster Diener und hieß so, weil er ihm sein lebelang so treu gewesen war. Als er nun vor das Bett kam, sprach der König zu ihm: „Getreuester Johannes, ich fühle, daß mein Ende herannaht, und da habe ich keine andere Sorge als um meinen Sohn: er ist noch in jungen Jahren, wo er sich nicht immer zu raten weiß, und wenn du mir nicht versprichst, ihn zu unterrichten in allem, was er wissen muß, und sein Pflegevater zu sein, so kann ich meine Augen nicht in Ruhe schließen."

Da antwortete der getreue Johannes: „Ich will ihn nicht verlassen und will ihm mit Treue dienen, wenn's auch mein Leben kostet."

Da sagte der alte König: „So sterb' ich getrost und in Frieden." Und sprach dann weiter: „Nach meinem Tode sollst du ihm das ganze Schloß zeigen, alle Kammern, Säle und Gewölbe, und alle Schätze, die darin liegen: aber die letzte Kammer in dem langen Gange sollst du ihm nicht zeigen, worin das Bild der Königstochter vom goldenen Dache verborgen steht. Wenn er das Bild erblickt, wird er eine heftige Liebe zu ihr empfinden und wird in Ohnmacht niederfallen und wird ihretwegen in große Gefahren geraten; davor sollst du ihn hüten." Und als der treue Johannes nochmals dem alten König die Hand darauf gegeben hatte, ward dieser still, legte sein Haupt auf das Kissen und starb.

Als der alte König zu Grabe getragen war, da erzählte der treue Johannes dem jungen König, was er seinem Vater auf dem Sterbelager versprochen hatte, und sagte: „Das will ich gewißlich halten und will dir treu sein, wie ich ihm gewesen bin, und sollte es mein Leben kosten." Die Trauer ging vorüber; da sprach der treue Johannes zu ihm: „Es ist nun Zeit, daß du dein Erbe siehst: ich will dir dein väterliches Schloß zeigen." Da führte er ihn überall herum, auf und ab, und ließ ihn alle die Reichtümer und prächtigen Kammern sehen: nur die eine Kammer öffnete er nicht, worin das gefährliche Bild stand. Das Bild war aber so gestellt, daß, wenn die Türe aufging, man gerade darauf sah, und war so herrlich gemacht, daß man meinte, es leibte und lebte, und es gäbe nichts Lieblicheres und Schöneres auf der ganzen Welt. Der junge König aber merkte wohl, daß der getreue Johannes immer an einer Tür vorüberging, und sprach: „Warum schließest du mir diese niemals auf?"

„Es ist etwas darin", antwortete er, „vor dem du erschrickst." Aber der König antwortete: „Ich habe das ganze Schloß gesehen, so will ich auch wissen, was darin ist." Ging und wollte die Tür mit Gewalt öffnen. Da hielt ihn der getreue Johannes zurück und sagte: „Ich habe es deinem Vater vor seinem Tode versprochen, daß du nicht sehen sollst, was in der Kammer steht: es könnte dir und mir zu großem Unglück ausschlagen."

„Ach nein", antwortete der junge König, „wenn ich nicht hineinkomme, so ist's mein sicheres Verderben. Ich würde Tag und Nacht keine Ruhe haben, bis ich's mit meinen Augen gesehen hätte. Nun gehe ich nicht von der Stelle, bis du aufgeschlossen hast."

Da sah der getreue Johannes, daß es nicht mehr zu ändern war, und suchte mit schwerem Herzen und vielem Seufzen aus dem großen Bund den Schlüssel heraus. Als er die Tür geöffnet hatte, trat er zuerst hinein und dachte, er wolle das Bildnis bedecken, daß es der König vor ihm nicht sähe. Aber was half das? Der König stellte sich auf die Fußspitzen und sah ihm über die Schulter. Und als er das Bildnis der Jungfrau erblickte, das so herrlich war und von Gold und Edelsteinen glänzte, da fiel er ohnmächtig zur Erde nieder. Der getreue Johannes hob ihn auf, trug ihn in sein Bett und dachte voll Sorgen: ,Das Unglück ist geschehen, Herr Gott, was will daraus werden!' Dann stärkte er ihn mit Wein, bis er wieder zu sich selbst kam. Das erste Wort, das er sprach, war: „Ach! Wer ist das schöne Bild?"

„Das ist die Königstochter vom goldenen Dache", antwortete der getreue Johannes. Da sprach der König weiter: „Meine Liebe zu ihr ist so groß, wenn alle Blätter an den Bäumen Zungen wären, sie könnten's nicht aussagen; mein Leben setze ich daran, daß ich sie erlange. Du bist mein getreuer Johannes, du mußt mir beistehen."

Der treue Diener besann sich lange, wie die Sache anzufangen wäre, denn es hielt schwer, nur vor das Angesicht der Königstochter zu kommen. Endlich hatte er ein Mittel ausgedacht und sprach zu dem König: „Alles, was sie um sich hat, ist von Gold, Tische, Stühle, Schüsseln, Becher, Näpfe und alles Hausgerät. In deinem Schatze liegen fünf Tonnen Goldes, laß eine von den Goldschmieden des Reichs verarbeiten zu allerhand Gefäßen und Gerätschaften, zu allerhand Vögeln, Gewild und wunderbaren Tieren, das wird ihr gefallen, wir wollen damit hinfahren und unser Glück versuchen."

Der König hieß alle Goldschmiede herbeiholen, die mußten Tag und Nacht arbeiten, bis endlich die herrlichsten Dinge fertig waren. Als alles auf ein Schiff geladen war, zog der getreue Johannes Kaufmannskleider an, und der König mußte ein gleiches tun, um sich ganz unkenntlich zu machen. Dann fuhren sie über das Meer und fuhren so lange, bis sie zu der Stadt kamen, worin die Königstochter vom goldenen Dache wohnte.

Der getreue Johannes hieß den König auf dem Schiffe zurückbleiben und auf ihn warten. „Vielleicht", sprach er, „bring ich die Königstochter mit, darum sorgt, daß alles in Ordnung ist, laßt die Goldgefäße aufstellen und das ganze Schiff ausschmücken." Darauf suchte er sich in sein Schürzchen allerlei von den Goldsachen zusammen, stieg ans Land und ging gerade nach dem königlichen Schloß.

Als er in den Schloßhof kam, stand da beim Brunnen ein schönes Mädchen, das hatte zwei goldene Eimer in der Hand und schöpfte damit. Und als es das blinkende Wasser forttragen wollte und sich umdrehte, sah es den fremden Mann und fragte, wer er wäre. Da antwortete er: „Ich bin ein Kaufmann." Und öffnete sein Schürzchen und ließ sie hineinschauen. Da rief sie: „Ei, was für schönes Goldzeug!", setzte die Eimer nieder und betrachtete eins nach dem andern. Da sprach das Mädchen: „Das muß die Königstochter sehen, die hat so große Freude an den Goldsachen, daß sie Euch alles abkauft."

Es nahm ihn bei der Hand und führte ihn hinauf, denn es war die Kammerjungfer. Als die Königstochter die Ware sah, war sie ganz vergnügt und sprach: „Es ist so schön gearbeitet, daß ich dir alles abkaufen will."

Aber der getreue Johannes sprach: „Ich bin nur der Diener von einem reichen Kaufmann. Was ich hier habe, ist nichts gegen das, was mein Herr auf seinem Schiff stehen hat, und das ist das Künstlichste und Köstlichste, was je in Gold gearbeitet worden ist." Sie wollte alles heraufgebracht haben, aber er sprach: „Dazu gehören viele Tage, so groß ist die Menge, und so viel Säle, um es aufzustellen, daß Euer Haus nicht Raum dafür hat." Da ward ihre Neugierde und Lust immer mehr angeregt, so daß sie endlich sagte: „Führe mich hin zu dem Schiff, ich will selbst hingehen und deines Herrn Schätze betrachten.“

Da führte sie der getreue Johannes zu dem Schiffe hin und war ganz freudig, und der König, als er sie erblickte, sah, daß ihre Schönheit noch größer war, als das Bild sie dargestellt hatte, und meinte nicht anders, als das Herz wollte ihm zerspringen. Nun stieg sie in das Schiff, und der König führte sie hinein; der getreue Johannes aber blieb zurück bei dem Steuermann und hieß das Schiff abstoßen: „Spannt alle Segel auf, daß es fliegt wie ein Vogel in der Luft.“

Der König aber zeigte ihr drinnen das goldene Geschirr, jedes einzeln, die Schüsseln, Becher, Näpfe, die Vögel, das Gewild und die wunderbaren Tiere. Viele Stunden gingen herum, während sie alles besah, und in ihrer Freude merkte sie nicht, daß das Schiff dahinfuhr. Nachdem sie das letzte betrachtet hatte, dankte sie dem Kaufmann und wollte heim. Als sie aber an des Schiffes Rand kam, sah sie, daß es fern vom Land auf hohem Meere ging und mit vollen Segeln forteilte. „Ach“, rief sie erschrocken, „ich bin betrogen, ich bin entführt und in die Gewalt eines Kaufmanns geraten; lieber wollt' ich sterben!“

Der König aber faßte sie bei der Hand und sprach: „Ein Kaufmann bin ich nicht, ich bin ein König und nicht geringer an Geburt, als du bist. Aber daß ich dich mit List entführt habe, das ist aus übergroßer Liebe geschehen. Das erstemal, als ich dein Bildnis gesehen habe, bin ich ohnmächtig zur Erde gefallen.“ Als die Königstochter vom goldenen Dache das hörte, ward sie getröstet, und ihr Herz ward ihm geneigt, so daß sie gerne einwilligte, seine Gemahlin zu werden.

Es trug sich aber zu, während sie auf dem hohen Meere dahinfuhren, daß der getreue Johannes, als er vorn auf dem Schiffe saß und Musik machte, in der Luft drei Raben erblickte, die dahergeflogen kamen. Da hörte er auf zu spielen und horchte, was sie miteinander sprachen, denn er verstand das wohl. Die eine rief: „Ei, da führt er die Königstochter vom goldenen Dache heim.“

„Ja“, antwortete die zweite, „er hat sie noch nicht.“ Sprach die dritte: „Er hat sie doch, sie sitzt bei ihm im Schiffe.“ Da fing die erste wieder an und rief: „Was hilft ihm das! Wenn sie ans Land kommen, wird ihm ein fuchsrotes Pferd entgegenspringen; da wird er sich aufschwingen wollen, und tut er das, so sprengt es mit ihm fort und in die Luft hinein, daß er nimmermehr seine Jungfrau wiedersieht.“ Sprach die zweite: „Ist gar keine Rettung?“

„O ja, wenn ein anderer schnell aufsitzt, das Feuergewehr, das in den Halftern stecken muß, herausnimmt und das Pferd damit totschießt, so ist der junge König gerettet. Aber wer weiß das! Und wer's weiß und sagt's ihm, der wird zu Stein von den Fußzehen bis zum Knie." Da sprach die zweite: „Ich weiß noch mehr; wenn das Pferd auch getötet wird, so behält der junge König doch nicht seine Braut: wenn sie zusammen ins Schloß kommen, so liegt dort ein gemachtes Brauthemd in einer Schüssel und sieht aus, als wär's von Gold und Silber gewebt, ist aber nichts als Schwefel und Pech: wenn er's antut, verbrennt es ihn bis auf Mark und Knochen." Sprach die dritte: „Ist da gar keine Rettung?"

„O ja", antwortete die zweite, „wenn einer mit Handschuhen das Hemd packt und wirft es ins Feuer, daß es verbrennt, so ist der junge König gerettet. Aber was hilft's! Wer's weiß und es ihm sagt, der wird halben Leibes Stein vom Knie bis zum Herzen." Da sprach die dritte: „Ich weiß noch mehr; wird das Brauthemd auch verbrannt, so hat der junge König seine Braut doch noch nicht; wenn nach der Hochzeit der Tanz anhebt und die junge Königin tanzt, wird sie plötzlich erbleichen und wie tot hinfallen: und hebt sie nicht einer auf und zieht aus ihrer rechten Brust drei Tropfen Blut und speit sie wieder aus, so stirbt sie. Aber verrät das einer, der es weiß, so wird er ganzen Leibes zu Stein vom Wirbel bis zur Fußzehe."

Als die Raben das miteinander gesprochen hatten, flogen sie weiter, und der getreue Johannes hatte alles wohl verstanden, aber von der Zeit an war er still und traurig; denn verschwieg er seinem Herrn, was er gehört hatte, so war dieser unglücklich; entdeckte er es ihm, so mußte er selbst sein Leben hingeben. Endlich aber sprach er bei sich: „Meinen Herrn will ich retten, und sollt ich selbst darüber zugrunde gehen."

Als sie nun ans Land kamen, da geschah es, wie die Raben vorhergesagt hatten, und es sprengte ein prächtiger fuchsroter Gaul daher. „Wohlan", sprach der König, „der soll mich in mein Schloß tragen!" und wollte sich aufsetzen, doch der treue Johannes kam ihm zuvor, schwang sich schnell darauf, zog das Gewehr aus den Halftern und schoß den Gaul nieder. Da riefen die andern Diener des Königs, die dem treuen Johannes doch nicht gut waren: „Wie schändlich, das schöne Tier zu töten, das den König in sein Schloß tragen sollte!" Aber der König sprach: „Schweigt und laßt ihn gehen, es ist mein getreuester Johannes, wer weiß, wozu das gut ist!"

Nun gingen sie ins Schloß, und da stand im Saal eine Schüssel, und das gemachte Brauthemd lag darin und sah nicht anders aus, als wäre es von Gold und Silber. Der junge König ging darauf zu und wollte es ergreifen, aber der treue Johannes schob ihn weg, packte es mit Handschuhen an, trug es schnell ins Feuer und ließ es verbrennen. Die anderen Diener fingen wieder an zu murren und sagten: „Seht, nun verbrennt er gar des Königs Brauthemd.“ Aber der junge König sprach: „Wer weiß, wozu es gut ist, laßt ihn gehen, es ist mein getreuester Johannes.“

Nun ward die Hochzeit gefeiert: der Tanz hub an, und die Braut trat auch hinein, da hatte der treue Johannes acht und schaute ihr ins Antlitz; auf einmal erbleichte sie und fiel wie tot zur Erde. Da sprang er eilends hinzu, hob sie auf und trug sie in eine Kammer, da legte er sie nieder, kniete und sog die drei Blutstropfen aus ihrer rechten Brust und spie sie aus. Alsbald atmete sie wieder und erholte sich, aber der junge König hatte es mit angesehen und wußte nicht, warum es der getreue Johannes getan hatte, ward zornig darüber und rief: „Werft ihn ins Gefängnis.“ Am andern Morgen ward der getreue Johannes verurteilt und zum Galgen geführt, und als er oben stand und gerichtet werden sollte, sprach er: „Jeder, der sterben soll, darf vor seinem Ende noch einmal reden, soll ich das Recht auch haben?"

„Ja", antwortete der König, „es soll dir vergönnt sein." Da sprach der treue Johannes: „Ich bin mit Unrecht verurteilt und bin dir immer treu gewesen." Und erzählte, wie er auf dem Meer das Gespräch der Raben gehört und wie er, um seinen Herrn zu retten, das alles hätte tun müssen. Da rief der König: „O mein treuester Johannes, Gnade! Gnade! Führt ihn herunter." Aber der treue Johannes war bei dem letzten Wort, das er geredet hatte, leblos herabgefallen und war ein Stein.

Darüber trugen nun der König und die Königin großes Leid, und der König sprach: „Ach, was hab' ich große Treue so übel belohnt!" und ließ das steinerne Bild aufheben und in seine Schlafkammer neben sein Bett stellen. So oft er es ansah, weinte er und sprach: „Ach, könnt ich dich wieder lebendig machen, mein getreuester Johannes."

Es ging eine Zeit herum, da gebar die Königin Zwillinge, zwei Söhnlein, die wuchsen heran und waren ihre Freude. Einmal, als die Königin in der Kirche war und die zwei Kinder bei dem Vater saßen und spielten, sah dieser wieder das steinerne Bildnis voll Trauer an, seufzte und rief: „Ach, könnt ich dich wieder lebendig machen, mein getreuester Johannes."

Da fing der Stein an zu reden und sprach: „Ja, du kannst mich wieder lebendig machen, wenn du dein Liebstes daran wenden willst." Da rief der König: „Alles, was ich auf der Welt habe, will ich für dich hingeben." Sprach der Stein weiter: „Wenn du mit deiner eigenen Hand deinen beiden Kindern den Kopf abhaust und mich mit ihrem Blute bestreichst, so erhalte ich das Leben wieder." Der König erschrak, als er hörte, daß er seine liebsten Kinder selbst töten sollte, doch dachte er an die große Treue und daß der getreue Johannes für ihn gestorben war, zog sein Schwert und hieb mit eigener Hand den Kindern den Kopf ab. Und als er mit ihrem Blute den Stein bestrichen hatte, so kehrte das Leben zurück, und der getreue Johannes stand wieder frisch und gesund vor ihm.

Er sprach zum König: „Deine Treue soll nicht unbelohnt bleiben." Und nahm die Häupter der Kinder, setzte sie auf und bestrich die Wunde mit ihrem Blut, davon wurden sie im Augenblick wieder heil, sprangen herum und spielten fort, als wär ihnen nichts geschehen. Nun war der König voll Freude, und als er die Königin kommen sah, versteckte er den getreuen Johannes und die beiden Kinder in einem großen Schrank. Wie sie hereintrat, sprach er zu ihr: „Hast du gebetet in der Kirche?“

„Ja“, antwortete sie, „aber ich habe beständig an den treuen Johannes gedacht, daß er so unglücklich durch uns geworden ist.“ Da sprach er: „Liebe Frau, wir können ihm das Leben wieder geben, aber es kostet uns unsere beiden Söhnlein, die müssen wir opfern.“

Die Königin ward bleich und erschrak im Herzen, doch sprach sie: „Wir sind's ihm schuldig wegen seiner großen Treue.“ Da freute er sich, daß sie dachte, wie er gedacht hatte, ging hin und schloß den Schrank auf, holte die Kinder und den treuen Johannes heraus und sprach: „Gott sei gelobt, er ist erlöst, und unsere Söhnlein haben wir auch wieder.“ Und erzählte ihr, wie sich alles zugetragen hatte. Da lebten sie zusammen in Glückseligkeit bis an ihr Ende.

Die weiße Schlange

Es ist nun schon lange her, da lebte ein König, dessen Weisheit im ganzen Lande berühmt war. Nichts blieb ihm unbekannt, und es war, als ob ihm Nachricht von den verborgensten Dingen durch die Luft zugetragen würde. Er hatte aber eine seltsame Sitte. Jeden Mittag, wenn von der Tafel alles abgetragen und niemand mehr zugegen war, mußte ein vertrauter Diener noch eine Schüssel bringen. Sie war aber zugedeckt, und der Diener wußte selbst nicht, was darin lag, und kein Mensch wußte es, denn der König deckte sie nicht eher auf und aß nicht davon, bis er ganz allein war.

Das hatte schon lange Zeit gedauert, da überkam eines Tages den Diener, der die Schüssel wieder wegtrug, die Neugierde, daß er nicht widerstehen konnte, sondern die Schüssel in seine Kammer brachte. Als er die Tür sorgfältig verschlossen hatte, hob er den Deckel auf, und da sah er, daß eine weiße Schlange darin lag. Bei ihrem Anblick konnte er die Lust nicht zurückhalten, sie zu kosten; er schnitt ein Stückchen davon ab und steckte es in den Mund. Kaum aber hatte es seine Zunge berührt, so hörte er vor seinem Fenster ein seltsames Gewisper von feinen Stimmen. Er ging und horchte, da merkte er, daß es die Sperlinge waren, die miteinander sprachen und sich allerlei erzählten, was sie im Felde und Walde gesehen hatten. Der Genuß der Schlange hatte ihm die Fähigkeit verliehen, die Sprache der Tiere zu verstehen.

Nun trug es sich zu, daß gerade an diesem Tage der Königin ihr schönster Ring fortkam und auf den vertrauten Diener, der überall Zugang hatte, der Verdacht fiel, er habe ihn gestohlen. Der König ließ ihn vor sich kommen und drohte ihm unter heftigen Scheltworten, wenn er bis morgen den Täter nicht zu nennen wüßte, so sollte er dafür angesehen und gerichtet werden. Es half nichts, daß er seine Unschuld beteuerte, er ward mit keinem besseren Bescheid entlassen.

In seiner Unruhe und Angst ging er hinab auf den Hof und bedachte, wie er sich aus seiner Not helfen könnte. Da saßen die Enten an einem fließenden Wasser friedlich nebeneinander und ruhten, sie putzten sich mit ihren Schnäbeln glatt und hielten ein vertrauliches Gespräch. Der Diener blieb stehen und hörte ihnen zu. Sie erzählten sich, wo sie heute morgen all herumgewackelt wären und was für gutes Futter sie gefunden hätten; da sagte eine verdrießlich: „Mir liegt etwas schwer im Magen, ich habe einen Ring, der unter der Königin Fenster lag, in der Hast mit hinuntergeschluckt."

Da packte sie der Diener gleich beim Kragen, trug sie in die Küche und sprach zum Koch: „Schlachte doch diese ab, sie ist wohlgenährt."

„Ja", sagte der Koch und wog sie in der Hand, „die hat keine Mühe gescheut, sich zu mästen, und schon lange darauf gewartet, gebraten zu werden." Er schnitt ihr den Hals ab, und als sie ausgenommen ward, fand sich der Ring der Königin in ihrem Magen. Der Diener konnte nun leicht vor dem Könige seine Unschuld beweisen, und da dieser sein Unrecht wiedergutmachen wollte, erlaubte er ihm, sich eine Gnade auszubitten, und versprach ihm die größte Ehrenstelle, die er sich an seinem Hofe wünschte.

Der Diener schlug alles aus und bat nur um ein Pferd und Reisegeld; denn er hatte Lust, die Welt zu sehen und eine Weile darin herumzuziehen. Als seine Bitte erfüllt war, machte er sich auf den Weg und kam eines Tages an einem Teich vorbei, wo er drei Fische bemerkte, die sich im Rohr gefangen hatten und nach Wasser schnappten. Obgleich man sagt, die Fische wären stumm, so vernahm er doch ihre Klage, daß sie bald elend umkommen müßten. Weil er ein mitleidiges Herz hatte, so stieg er vom Pferde ab und setzte die drei Gefangenen wieder ins Wasser. Sie zappelten vor Freude, streckten die Köpfe heraus und riefen ihm zu: „Wir wollen dir's gedenken und dir's vergelten, daß du uns gerettet hast."

Er ritt weiter, und nach einem Weilchen kam es ihm vor, als hörte er zu seinen Füßen in dem Sand eine Stimme. Er horchte und vernahm, wie ein Ameisenkönig klagte: „Wenn uns nur die Menschen mit den ungeschickten Tieren vom Leib blieben! Da tritt mir das dumme Pferde mit seinen schweren Hufen meine Leute ohne Barmherzigkeit nieder!" Er lenkte auf einen Seitenweg ein, und der Ameisenkönig rief ihm zu: „Wir wollen dir's gedenken und dir's vergelten."

Der Weg führte ihn in einen Wald, und da sah er einen Rabenvater und eine Rabenmutter, die standen bei ihrem Nest und warfen ihre Jungen heraus. „Fort mit euch, ihr Galgenschwengel", riefen sie, „wir können euch nicht mehr satt machen, ihr seid groß genug und könnt euch selbst ernähren." Die armen

Jungen lagen auf der Erde, flatterten und schlugen mit ihren Fittichen und schrien: „Wir hilflosen Kinder, wir sollen uns selbst ernähren und können noch nicht fliegen! Was bleibt uns übrig, als hier Hungers zu sterben!“ Da stieg der gute Jüngling ab, tötete das Pferd mit seinem Degen und überließ es den jungen Raben zum Futter. Die kamen herbeigehüpft, sättigten sich und riefen: „Wir wollen dir's gedenken und dir's vergelten.“

Er mußte jetzt seine eigenen Beine gebrauchen, und als er lange Wege gegangen war, kam er in eine große Stadt. Da war großer Lärm und Gedränge in den Straßen und kam einer zu Pferde und machte bekannt: Die Königstochter suche einen Gemahl, wer sich aber um sie bewerben wolle, der müsse eine schwere Aufgabe vollbringen, und könne er es nicht glücklich ausführen, so habe er sein Leben verwirkt. Viele hatten es schon versucht, aber vergeblich ihr Leben darangesetzt. Der Jüngling, als er die Königstochter sah, ward von ihrer Schönheit so verblendet, daß er alle Gefahren vergaß, vor den König trat und sich als Freier meldete.

Alsbald ward er hinaus ans Meer geführt und vor seinen Augen ein goldener Ring hineingeworfen. Dann hieß ihn der König, diesen Ring aus dem Meeresgrund wieder hervorzuholen, und fügte hinzu: „Wenn du ohne ihn wieder in die Höhe kommst, so wirst du immer aufs neue hinabgestürzt, bis du in den Wellen umkommst." Alle bedauerten den schönen Jüngling und ließen ihn dann einsam am Meer zurück.

Er stand am Ufer und überlegte, was er wohl tun sollte, da sah er auf einmal drei Fische daherschwimmen, und es waren keine anderen als jene, welchen er das Leben gerettet hatte. Der mittelste hielt eine Muschel im Munde, die er an den Strand zu den Füßen des Jünglings hinlegte, und als dieser sie aufhob und öffnete, so lag der Goldring darin. Voll Freude brachte er ihn dem König und erwartete, daß er ihm den verheißenen Lohn gewähren würde. Die stolze Königstochter aber, als sie vernahm, daß er ihr nicht ebenbürtig war, verschmähte ihn und verlangte, er sollte zuvor eine zweite Aufgabe lösen. Sie ging hinab in den Garten und streute selbst zehn Säcke voll Hirse ins Gras. „Die muß er morgen, eh die Sonne hervorkommt, aufgelesen haben", sprach sie, „und darf kein Körnchen fehlen."

Der Jüngling setzte sich in den Garten und dachte nach, wie es möglich wäre, die Aufgabe zu lösen, aber er konnte nichts ersinnen, saß da ganz traurig und erwartete, bei Anbruch des Morgens zum Tode geführt zu werden. Als aber die ersten Sonnenstrahlen in den Garten fielen, so sah er die zehn Säcke wohlgefüllt nebeneinanderstehen, und kein Körnchen fehlte darin. Der Ameisenkönig war mit seinen tausend und tausend Ameisen in der Nacht angekommen, und die dankbaren Tiere hatten die Hirse mit großer Emsigkeit gelesen und in die Säcke gesammelt.

Die Königstochter kam selbst in den Garten herab und sah mit Verwunderung, daß der Jüngling vollbracht hatte, was ihm aufgegeben war. Aber sie konnte ihr stolzes Herz noch nicht bezwingen und sprach: „Hat er auch die beiden Aufgaben gelöst, so soll er doch nicht eher mein Gemahl werden, bis er mir einen Apfel vom Baume des Lebens gebracht hat." Der Jüngling wußte nicht, wo der Baum des Lebens stand; er machte sich auf und wollte immerzu gehen, solange ihn seine Beine trügen, aber er hatte keine Hoffnung, ihn zu finden.

Als er schon durch drei Königreiche gewandert war und abends in einen Wald kam, setzte er sich unter einen Baum und wollte schlafen: da hörte er in den Ästen ein Geräusch, und ein goldner Apfel fiel in seine Hand. Zugleich flogen drei Raben zu ihm herab, setzten sich auf seine Knie und sagten:

„Wir sind die drei jungen Raben, die du vom Hungertod errettet hast; als wir groß geworden waren und hörten, daß du den goldenen Apfel suchtest, so sind wir über das Meer geflogen bis ans Ende der Welt, wo der Baum des Lebens steht, und haben dir den Apfel geholt."

Voll Freude machte sich der Jüngling auf den Heimweg und brachte der schönen Königstochter den goldenen Apfel, der nun keine Ausrede mehr übrigblieb. Sie teilten den Apfel des Lebens und aßen ihn zusammen: da ward ihr Herz mit Liebe zu ihm erfüllt, und sie erreichten in ungestörtem Glück ein hohes Alter.

Der alte Sultan

Es hatte ein Bauer einen treuen Hund, der Sultan hieß, der war alt geworden und hatte alle Zähne verloren, so daß er nichts mehr fest packen konnte. Zu einer Zeit stand der Bauer mit seiner Frau vor der Haustüre und sprach: „Den alten Sultan schieß ich morgen tot, der ist zu nichts mehr nütze." Die Frau, die Mitleid mit dem treuen Tier hatte, antwortete: „Da er uns so lange Jahre gedient hat und ehrlich bei uns gehalten, so könnten wir ihm wohl das Gnadenbrot geben."

„Ei was", sagte der Mann, „du bist nicht recht gescheit: er hat keinen Zahn mehr im Maul, und kein Dieb fürchtet sich vor ihm, er kann jetzt abgehen. Hat er uns gedient, so hat er sein gutes Fressen dafür gekriegt."

Der arme Hund, der nicht weit davon in der Sonne ausgestreckt lag, hatte alles mit angehört und war traurig, daß morgen sein letzter Tag sein sollte. Er hatte einen guten Freund, das war der Wolf, zu dem schlich er abends hinaus in den Wald und klagte über das Schicksal, das ihm bevorstände. „Höre, Gevatter", sagte der Wolf, „sei guten Mutes, ich will dir aus deiner Not helfen. Ich habe etwas ausgedacht. Morgen in aller Frühe geht dein Herr mit seiner Frau ins Heu, und sie nehmen ihr kleines Kind mit, weil niemand im Hause zurückbleibt. Sie pflegen das Kind während der Arbeit hinter die Hecke in den Schatten zu legen: lege dich daneben, gleich als wolltest du es bewachen. Ich will dann aus dem Walde herauskommen und das Kind rauben: du mußt mir eifrig nachspringen, als wolltest du es mir wieder abjagen. Ich lasse es fallen, und du bringst es den Eltern wieder zurück. Die glauben dann, du hättest es gerettet, und sind viel zu dankbar, als daß sie dir ein Leid antun sollten; im Gegenteil, du kommst in völlige Gnade, und sie werden es dir an nichts mehr fehlen lassen."

Der Anschlag gefiel dem Hund, und wie er ausgedacht war, so ward er auch ausgeführt. Der Vater schrie, als er den Wolf mit seinem Kinde durchs Feld laufen sah; als es aber der alte Sultan zurückbrachte, da war er froh, streichelte ihn und sagte: „Dir soll kein Härchen gekrümmt werden, du sollst das Gnadenbrot essen, solange du lebst." Zu seiner Frau aber sprach er: „Geh gleich heim und koche dem alten Sultan einen Weckbrei, den braucht er nicht zu beißen, und bring das Kopfkissen aus meinem Bette, das schenk ich ihm zu seinem Lager." Von nun an hatte es der alte Sultan so gut, als er sich's nur wünschen konnte. Bald hernach besuchte ihn der Wolf und freute sich, daß alles so wohl gelungen war. „Aber Gevatter", sagte er, „du wirst doch ein Auge zudrücken, wenn ich bei Gelegenheit deinem Herrn ein fettes Schaf weghole. Es wird einem heutzutage schwer, sich durchzuschlagen."

„Darauf rechne nicht!" antwortete der Hund. „Meinem Herrn bleibe ich treu, das darf ich nicht zugeben." Der Wolf meinte, es wäre nicht im Ernste gesprochen, kam in der Nacht herangeschlichen und wollte sich das Schaf holen. Aber der Bauer, dem der treue Sultan das Vorhaben des Wolfes verraten hatte, paßte ihm auf und kämmte ihm mit dem Dreschflegel garstig die Haare. Der Wolf mußte ausreißen, schrie aber dem Hund zu: „Wart, du schlechter Geselle, dafür sollst du büßen."

Am andern Morgen schickte der Wolf das Schwein und ließ den Hund hinaus in den Wald fordern, da wollten sie ihre Sache ausmachen. Der alte Sultan konnte keinen Beistand finden als eine Katze, die nur drei Beine hatte, und als sie zusammen hinausgingen, humpelte die arme Katze daher und streckte zugleich vor Schmerz den Schwanz in die Höhe. Der Wolf und sein Beistand waren schon an Ort und Stelle; als sie aber ihren Gegner daherkommen sahen, meinten sie, er führte einen Säbel mit sich, weil sie den aufgerichteten Schwanz der Katze dafür ansahen. Und wenn das arme Tier so auf drei Beinen hüpfte, dachten sie nicht anders, als es höbe jedesmal einen Stein auf und wollte damit auf sie werfen. Da ward ihnen beiden angst: Das wilde Schwein verkroch sich ins Laub, und der Wolf sprang auf einen Baum. Der Hund und die Katze, als sie herankamen, wunderten sich, daß sich niemand sehen ließ.

Das wilde Schwein aber hatte sich im Laub nicht ganz verstecken können, sondern die Ohren ragten noch heraus. Während die Katze sich bedächtig umschaute, zwinste das Schwein mit den Ohren; die Katze, welche meinte, es regte sich da eine Maus, sprang darauf zu und biß herzhaft hinein. Da erhob sich das Schwein mit großem Geschrei, lief fort und rief: „Dort auf dem Baum, da sitzt der Schuldige.“ Der Hund und die Katze schauten hinauf und erblickten den Wolf; der schämte sich, daß er sich so furchtsam gezeigt hatte, und nahm von dem Hund den Frieden an.

Der Liebste Roland

Es war einmal eine Frau, die war eine rechte Hexe und hatte zwei Töchter, eine häßlich und böse, und die liebte sie, weil sie ihre rechte Tochter war, und eine schön und gut, die haßte sie, weil sie ihre Stieftochter war. Zu einer Zeit hatte die Stieftochter eine schöne Schürze, die der andern gefiel, so daß sie neidisch war und ihrer Mutter sagte, sie wollte und müßte die Schürze haben. „Sei still, mein Kind", sprach die Alte, „du sollst sie auch haben. Deine Stiefschwester hat längst den Tod verdient; heute Nacht, wenn sie schläft, so komm ich und haue ihr den Kopf ab. Sorge nur, daß du hinten ins Bett zu liegen kommst, und schieb sie recht vorne hin."

Um das arme Mädchen wär es geschehen gewesen, wenn es nicht gerade in einer Ecke gestanden und alles mit angehört hätte. Es durfte den ganzen Tag nicht zur Türe hinaus, und als Schlafenszeit gekommen war, mußte es zuletzt ins Bett steigen, damit es sich nicht hinten hinlegen konnte; als die Stiefschwester aber eingeschlafen war, da schob es diese sachte vorne hin und nahm den Platz hinten an der Wand. In der Nacht kam die Alte geschlichen, in der rechten Hand hielt sie eine Axt, mit der linken fühlte sie erst, ob auch jemand vorne lag, und dann faßte sie die Axt mit beiden Händen, hieb und hieb ihrem eigenen Kinde den Kopf ab.

Als sie fortgegangen war, stand das Mädchen auf und ging zu seinem Liebsten, der Roland hieß, und klopfte an seine Türe. Als er herauskam, sprach sie zu ihm: „Höre, liebster Roland, wir müssen eilig flüchten, die Stiefmutter hat mich totschlagen wollen, hat aber ihr eigenes Kind getroffen. Kommt der Tag, und sie sieht, was sie getan hat, so sind wir verloren."

„Aber ich rate dir", sagte Roland, „daß du erst ihren Zauberstab wegnimmst, sonst können wir uns nicht retten, wenn sie uns nachsetzt und verfolgt." Das Mädchen holte den Zauberstab, und dann nahm es den toten Kopf und tröpfelte drei Blutstropfen auf die Erde, einen vors Bett, einen in die Küche und einen auf die Treppe. Darauf eilte es mit seinem Liebsten fort.

Als nun am Morgen die Hexe aufgestanden war, rief sie ihre Tochter und wollte ihr die

Schürze geben, aber sie kam nicht. Da rief sie: „Wo bist du?"

„Ei, hier auf der Treppe, da kehr ich", antwortete der eine Blutstropfen. Die Alte ging hinaus, sah aber niemand auf der Treppe und rief abermals: „Wo bist du?"

„Ei, hier in der Küche, da wärm ich mich!" rief der zweite Blutstropfen. Sie ging in die Küche, aber sie fand niemand. Da rief sie noch einmal: „Wo bist du?"

„Ach, hier im Bette, da schlaf ich!" rief der dritte Blutstropfen. Sie ging in die Kammer ans Bett. Was sah sie da? Ihr eigenes Kind, das in seinem Blute schwamm und dem sie selbst den Kopf abgehauen hatte.

Die Hexe geriet in Wut, sprang ans Fenster, und da sie weit in die Welt schauen konnte, erblickte sie ihre Stieftochter, die mit ihrem Liebsten Roland forteilte. „Das soll euch nichts helfen", rief sie, „wenn ihr auch schon weit weg seid, ihr entflieht mir doch nicht." Sie zog ihre Meilenstiefel an, in welchen sie mit jedem Schritt eine Stunde machte, und es dauerte nicht lange, so hatte sie beide eingeholt.

Das Mädchen aber, wie es die Alte daherschreiten sah, verwandelte mit dem Zauberstab seinen Liebsten Roland in einen See, sich selbst aber in eine Ente, die mitten auf dem See schwamm. Die Hexe stellte sich ans Ufer, warf Brotbrocken hinein und gab sich alle Mühe, die Ente herbeizulocken; aber die Ente ließ sich nicht locken, und die Alte mußte abends unverrichteter Sache wieder umkehren.

Darauf nahm das Mädchen mit seinem Liebsten Roland wieder die natürliche Gestalt an, und sie gingen die ganze Nacht weiter bis zum Tagesanbruch. Da verwandelte sich das Mädchen in eine schöne Blume, die mitten in einer Dornhecke stand, seinen Liebsten Roland aber in einen Geigenspieler. Nicht lange, so kam die Hexe herangeschritten und sprach zu dem Spielmann: „Lieber Spielmann, darf ich mir wohl die schöne Blume abbrechen?"

„O ja", antwortete er, „ich will dazu aufspielen." Als sie nun mit Hast in die Hecke kroch und die Blume brechen wollte, denn sie wußte wohl, wer die Blume war, so fing er an aufzuspielen, und, sie mochte wollen oder nicht, sie mußte tanzen, denn es war ein Zaubertanz. Je schneller er spielte, desto gewaltigere Sprünge mußte sie machen, und die Dornen rissen ihr die Kleider vom Leibe, stachen sie blutig und wund, und da er nicht aufhörte, mußte sie so lange tanzen, bis sie tot liegenblieb.

Als sie nun erlöst waren, sprach Roland: „Nun will ich zu meinem Vater gehen und die Hochzeit bestellen."

„So will ich derweil hier bleiben", sagte das Mädchen, „und auf dich warten, und damit mich niemand erkennt, will ich mich in einen roten Feldstein verwandeln." Da ging Roland fort, und das Mädchen stand als ein roter Stein auf dem Felde und wartete auf seinen Liebsten.

Als aber Roland heimkam, geriet er in die Fallstricke einer anderen, die es dahin brachte, daß er das Mädchen vergaß. Das arme Mädchen stand lange Zeit, als er aber endlich gar nicht wiederkam, so ward es traurig und verwandelte sich in eine Blume und dachte: ‚Es wird ja wohl einer dahergehen und mich umtreten.'

Es trug sich aber zu, daß ein Schäfer auf dem Felde seine Schafe hütete und die Blume sah, und weil sie so schön war, so brach er sie ab, nahm sie mit sich und legte sie in seinen Kasten. Von der Zeit ging es wunderlich in des Schäfers Hause zu. Wenn er morgens aufstand, so war schon alle Arbeit getan: Die Stube war gekehrt, Tisch und Bänke abgeputzt, Feuer auf dem Herd gemacht und Wasser getragen; und mittags, wenn er heimkam, war der Tisch gedeckt und ein gutes Essen aufgetragen. Er konnte nicht begreifen, wie das zuging, denn er sah niemals einen Menschen in seinem Haus, und es konnte sich auch niemand in der kleinen Hütte versteckt haben. Die gute Aufwartung gefiel ihm freilich, aber zuletzt ward ihm doch angst, so daß er zu einer weisen Frau ging und sie um Rat fragte. Die weise Frau sprach: „Es steckt Zauberei dahinter; gib einmal morgens in aller Frühe acht, ob sich etwas in der Stube regt, und wenn du etwas siehst, es mag sein, was es will, so wirf schnell ein weißes Tuch darüber, dann wird der Zauber gehemmt."

Der Schäfer tat, wie sie gesagt hatte, und am andern Morgen, eben als der Tag anbrach, sah er, wie sich der Kasten auftat und die Blume herauskam. Schnell sprang er hinzu und warf ein weißes Tuch darüber. Alsbald war die Verwandlung vorbei, und ein schönes Mädchen stand vor ihm, das bekannte ihm, daß es die Blume gewesen wäre und seinen Haushalt bisher besorgt hätte. Es erzählte ihm sein Schicksal, und weil es ihm gefiel, fragte er, ob es ihn heiraten wollte, aber es antwortete: „Nein!" Denn es wollte seinem Liebsten Roland, obgleich er es verlassen hatte, doch treu bleiben; aber es versprach, daß es nicht weggehen, sondern ihm fernerhin Haus halten wollte.

Nun kam die Zeit heran, daß Roland Hochzeit halten sollte; da ward nach altem Brauch im Lande bekanntgemacht, daß alle Mädchen sich einfinden und zu Ehren des Brautpaars singen sollten. Das treue Mädchen, als es davon hörte, ward so traurig, daß es meinte, das Herz im Leibe würde ihm zerspringen, und wollte nicht hingehen, aber die andern kamen und holten es herbei. Wenn aber die Reihe kam, daß es singen sollte, so trat es zurück, bis es allein noch übrig war, da konnte es nicht anders. Aber wie es seinen Gesang anfing und er zu Rolands Ohren kam, so sprang er auf und rief: „Die Stimme kenne ich, das ist die rechte Braut, eine andere begehr ich nicht." Alles, was er vergessen hatte und ihm aus dem Sinn verschwunden war, das war plötzlich in sein Herz wieder heimgekommen. Da hielt das treue Mädchen Hochzeit mit seinem Liebsten Roland, und war sein Leid zu Ende und fing seine Freude an.

Die drei Federn

Es war einmal ein König, der hatte drei Söhne, davon waren zwei klug und gescheit, aber der dritte sprach nicht viel, war einfältig und hieß nur der *Dummling*. Als der König alt und schwach ward und an sein Ende dachte, wußte er nicht, welcher von seinen Söhnen nach ihm das Reich erben sollte. Da sprach er zu ihnen: „Ziehet aus, und wer mir den feinsten Teppich bringt, der soll nach meinem Tod König sein." Und damit es keinen Streit unter ihnen gab, führte er sie vor sein Schloß, blies drei Federn in die Luft und sprach: „Wie die fliegen, so sollt ihr ziehen."

Die eine Feder flog nach Osten, die andere nach Westen, die dritte flog aber geradeaus und flog nicht weit, sondern fiel bald zur Erde. Nun ging der eine Bruder rechts, der andere ging links, und sie lachten den Dummling aus, der bei der dritten Feder, da wo sie niedergefallen war, bleiben mußte.

Der Dummling setzte sich nieder und war traurig. Da bemerkte er auf einmal, daß neben der Feder eine Falltüre lag. Er hob sie in die Höhe, fand eine Treppe und stieg hinab. Da kam er vor eine andere Türe, klopfte an und hörte, wie es inwendig rief:

„Jungfer grün und klein,
Hutzelbein,
Hutzelbeins Hündchen,
hutzel hin und her,
laß geschwind sehen, wer draußen wär."

Die Türe tat sich auf, und er sah eine große, dicke Itsche (Kröte) sitzen und rings um sie eine Menge kleiner Itschen. Die dicke Itsche fragte, was sein Begehren wäre. Er antwortete: „Ich hätte gerne den schönsten und feinsten Teppich." Da rief sie eine junge und sprach:

„Jungfer grün und klein,
Hutzelbein,
Hutzelbeins Hündchen,
hutzel hin und her,
bring mir die große Schachtel her."

Die junge Itsche holte die Schachtel, und die dicke Itsche machte sie auf und gab dem Dummling einen Teppich daraus, so schön und so fein, wie oben auf der Erde keiner konnte gewebt werden. Da dankte er und stieg wieder hinauf.

Die beiden anderen hatten aber ihren jüngsten Bruder für so albern gehalten, daß sie glaubten, er würde gar nichts finden und aufbringen. „Was sollen wir uns mit Suchen groß Mühe geben!“ sprachen sie, nahmen dem ersten besten Schäfersweib, das ihnen begegnete, die groben Tücher vom Leib und trugen sie dem König heim. Zu derselben Zeit kam auch der Dummling zurück und brachte seinen schönen Teppich, und als der König den sah, erstaunte er und sprach: „Wenn es dem Recht nach gehen soll, so gehört dem jüngsten das Königreich.“ Aber die zwei andern ließen dem Vater keine Ruhe und sprachen, unmöglich könnte der Dummling, dem es in allen Dingen an Verstand fehlte, König werden, und baten ihn, er möchte eine neue Bedingung machen. Da sagte der Vater: „Der soll das Reich erben, der mir den schönsten Ring bringt!“, führte die drei Brüder hinaus und blies drei Federn in die Luft, denen sie nachgehen sollten. Die zwei ältesten zogen wieder nach Osten und Westen, und für den Dummling flog die Feder geradeaus und fiel neben der Erdtüre nieder. Da stieg er wieder hinab zu der dicken Itsche und sagte ihr, daß er den schönsten Ring brauchte. Sie ließ sich gleich ihre große Schachtel holen und gab ihm daraus einen Ring, der glänzte von Edelsteinen und war so schön, daß ihn kein Goldschmied auf der

Erde hätte machen können. Die zwei ältesten lachten über den Dummling, der einen goldenen Ring suchen wollte, gaben sich gar keine Mühe, sondern schlugen einem alten Wagenring die Nägel aus und brachten ihn dem König. Als aber der Dummling seinen goldenen Ring vorzeigte, so sprach der Vater abermals: „Ihm gehört das Reich." Die zwei ältesten ließen nicht ab, den König zu quälen, bis er noch eine dritte Bedingung machte und den Ausspruch tat, der sollte das Reich haben, der die schönste Frau heimbrächte. Die drei Federn blies er nochmals in die Luft, und sie flogen wie die vorigen Male.

Da ging der Dummling ohne weiteres hinab zu der dicken Itsche und sprach: „Ich soll die schönste Frau heimbringen."

„Ei", antwortete die Itsche, „die schönste Frau! Die ist nicht gleich zur Hand, aber du sollst sie doch haben."

Sie gab ihm eine ausgehöhlte gelbe Rübe, mit sechs Mäuschen bespannt. Da sprach der Dummling ganz traurig: „Was soll ich damit anfangen?"

Die Itsche antwortete: „Setze nur eine von meinen kleinen Itschen hinein."

Da griff er auf Geratewohl eine aus dem Kreis und setzte sie in die gelbe Kutsche, aber kaum saß sie darin, so ward sie zu einem wunderschönen Fräulein, die Rübe zur Kutsche und die sechs Mäuschen zu Pferden. Da küßte er sie, jagte mit den Pferden davon und brachte sie zu dem König. Seine Brüder kamen auch, die hatten sich gar keine Mühe gegeben, eine schöne Frau zu suchen, sondern die ersten besten Bauernweiber mitgenommen. Als der König sie erblickte, sprach er: „Dem Jüngsten gehört das Reich nach meinem Tod.“ Aber die zwei ältesten betäubten die Ohren des Königs aufs neue mit ihrem Geschrei: „Wir können's nicht zugeben, daß der Dummling König wird!“ und verlangten, der sollte den Vorzug haben, dessen Frau durch einen Ring springen könnte, der da mitten in dem Saal hing. Sie dachten: „Die Bauernweiber können das wohl, die sind stark genug, aber das zarte Fräulein springt sich tot.“ Der alte König gab auch das noch zu. Da sprangen die zwei Bauernweiber, sprangen auch durch den Ring, waren aber so plump, daß sie fielen und ihre groben Arme und Beine entzweibrachen. Darauf sprang das schöne Fräulein, das der Dummling mitgebracht hatte, und sprang so leicht hindurch wie ein Reh, und aller Widerspruch mußte aufhören. Also erhielt er die Krone und hat lange in Weisheit geherrscht.

Der Wolf und der Mensch

Der Fuchs erzählte einmal dem Wolf von der Stärke des Menschen, kein Tier könne ihm widerstehen, und sie müßten List gebrauchen, um sich vor ihm zu erhalten. Da antwortete der Wolf: „Wenn ich nur einmal einen Menschen zu sähen bekäme, ich wollte doch auf ihn losgehen."

„Dazu kann ich dir helfen!" sprach der Fuchs. „Komm nur morgen früh zu mir, so will ich dir einen zeigen." Der Wolf stellte sich frühzeitig ein, und der Fuchs brachte ihn hinaus auf den Weg, den der Jäger alle Tage ging.

Zuerst kam ein alter abgedankter Soldat. „Ist das ein Mensch?" fragte der Wolf.

„Nein", antwortete der Fuchs, „das ist einer gewesen."

Danach kam ein kleiner Knabe, der zur Schule wollte.

„Ist das ein Mensch?"

„Nein, das will erst einer werden."

Endlich kam der Jäger, die Doppelflinte auf

dem Rücken und den Hirschfänger an der Seite. Sprach der Fuchs zum Wolf: „Siehst du, dort kommt ein Mensch, auf den mußt du losgehen, ich aber will mich fort in meine Höhle machen."

Der Wolf ging nun auf den Menschen los, der Jäger, als er ihn erblickte, sprach: „Es ist schade, daß ich keine Kugel geladen habe." Er legte an und schoß dem Wolf das Schrot ins Gesicht.

Der Wolf verzog das Gesicht gewaltig, doch ließ er sich nicht schrecken und ging vorwärts: da gab ihm der Jäger die zweite Ladung. Der Wolf verbiß den Schmerz und rückte dem Jäger zu Leibe: da zog dieser seinen blanken Hirschfänger und gab ihm links und rechts ein paar Hiebe, daß er, über und über blutend, mit Geheul zu dem Fuchs zurücklief.

„Nun, Bruder Wolf", sprach der Fuchs, „wie bist du mit dem Menschen fertig geworden?"

„Ach", antwortete der Wolf, „so hab' ich mir die Stärke des Menschen nicht vorgestellt: erst nahm er einen Stock von der Schulter und blies hinein, da flog mir etwas ins Gesicht, das hat mich ganz entsetzlich gekitzelt; danach pustete er noch einmal in den Stock, da flog mir's um die Nase wie Blitz und

Hagelwetter, und wie ich ganz nahe war, da zog er eine blanke Rippe aus dem Leib, damit hat er auf mich losgeschlagen, daß ich beinah tot wäre liegengeblieben."

„Siehst du", sprach der Fuchs, „was du für ein Prahlhans bist: du wirfst das Beil so weit, daß du's nicht wieder holen kannst."

Die Wassernixe

Ein Brüderchen und ein Schwesterchen spielten an einem Brunnen, und wie sie so spielten, plumpten die beiden hinein. Da war unten eine Wassernixe, die sprach: „Jetzt hab' ich euch, jetzt sollt ihr mir brav arbeiten!" und führte sie mit sich fort. Dem Mädchen gab sie verwirrten, garstigen Flachs zu spinnen, und es mußte Wasser in ein hohles Faß schleppen, der Junge aber sollte einen Baum mit einer stumpfen Axt hauen; und nichts zu essen bekamen sie als steinharte Klöße.

Da wurden zuletzt die Kinder so ungeduldig, daß sie warteten, bis eines Sonntags die Nixe in der Kirche war; da entflohen sie. Und als die Kirche vorbei war, sah die Nixe, daß die Vögel ausgeflogen waren, und setzte ihnen mit großen Sprüngen nach. Die Kinder erblickten sie aber von weitem, und das Mädchen warf eine Bürste hinter sich, das gab einen großen Bürstenberg mit tausend und tausend Stacheln, über den die Nixe mit großer Mühe klettern mußte; endlich aber kam sie doch hinüber. Wie das die Kinder sahen, warf der Knabe einen Kamm hinter sich, das gab einen großen Kammberg mit tausendmal tausend Zinken, aber die Nixe wußte sich daran festzuhalten und kam zuletzt doch drüber.

Da warf das Mädchen einen Spiegel hinterwärts, welches einen Spiegelberg gab, der war so glatt, daß sie unmöglich drüber konnte. Da dachte sie: ‚Ich will geschwind nach Haus gehen und meine Axt holen und den Spiegelberg entzweihauen.' Bis sie aber wiederkam und das Glas aufgehauen hatte, waren die Kinder längst weit entflohen, und die Wassernixe mußte sich wieder in ihren Brunnen trollen.

Der König vom goldenen Berg

Ein Kaufmann, der hatte zwei Kinder, einen Buben und ein Mädchen, die waren beide noch klein und konnten noch nicht laufen. Es gingen aber zwei reichbeladene Schiffe von ihm auf dem Meer, und sein ganzes Vermögen war darin, und wie er meinte, dadurch viel Geld zu gewinnen, kam die Nachricht, sie wären versunken.

Da war er nun statt eines reichen Mannes ein armer Mann und hatte nichts mehr übrig als einen Acker vor der Stadt. Um sich sein Unglück ein wenig aus den Gedanken zu schlagen, ging er hinaus auf den Acker, und wie er da so auf und ab ging, stand auf einmal ein kleines schwarzes Männchen neben ihm und fragte, warum er so traurig wäre und was er sich so sehr zu Herzen nähme. Da sprach der Kaufmann: „Wenn du mir helfen könntest, wollt ich es dir wohl sagen."

„Wer weiß", antwortete das schwarze Männchen, „vielleicht helf ich dir." Da erzählte der Kaufmann, daß ihm sein ganzer

Reichtum auf dem Meer zugrunde gegangen wäre, und hätte er nichts mehr übrig als diesen Acker.

„Bekümmere dich nicht!“ sagte das Männchen. „Wenn du mir versprichst, das, was dir zu Haus am ersten widers Bein stößt, in zwölf Jahren hierher auf den Platz zu bringen, sollst du Geld haben, soviel du willst.“

Der Kaufmann dachte: „Was kann das anders sein als mein Hund?“ Aber an seinen kleinen Jungen dachte er nicht und sagte ja, gab dem schwarzen Mann Handschrift und Siegel darüber und ging nach Haus.

Als er nach Haus kam, da freute sich sein kleiner Junge so sehr darüber, daß er sich an den Bänken hielt, zu ihm herbeiwackelte und ihn an den Beinen fest packte. Da erschrak der Vater, denn es fiel ihm sein Versprechen ein, und er wußte nun, was er verschrieben hatte. Weil er aber immer noch kein Geld in seinen Kisten und Kasten fand, dachte er, es wäre nur ein Spaß von dem Männchen gewesen. Einen Monat nachher ging er auf den Boden und wollte altes Zinn zusammensuchen und verkaufen; da sah er einen großen Haufen Geld liegen. Nun war er wieder guter Dinge, kaufte ein, ward ein größerer Kaufmann als vorher und ließ Gott einen guten Mann sein.

Unterdessen ward der Junge groß und dabei klug und gescheit. Je näher aber die zwölf Jahre herbeikamen, je sorgenvoller ward der Kaufmann, so daß man ihm die Angst im Gesicht sehen konnte. Da fragte ihn der Sohn einmal, was ihm fehlte; der Vater wollte es nicht sagen, aber jener hielt so lange an, bis er ihm endlich sagte, er hätte ihn, ohne zu wissen, was er verspräche, einem schwarzen Männchen zugesagt und vieles Geld dafür bekommen.

Er hätte seine Handschrift mit Siegel darüber gegeben, und nun müßte er ihn, wenn zwölf Jahre herum wären, ausliefern. Da sprach der Sohn: „O Vater, laßt Euch nicht bang sein, das soll schon gut werden, der Schwarze hat keine Macht über mich."

Der Sohn ließ sich von dem Geistlichen segnen, und als die Stunde kam, gingen sie zusammen hinaus auf den Acker, und der Sohn machte einen Kreis und stellte sich mit seinem Vater hinein. Da kam das schwarze Männchen und sprach zu dem Alten: „Hast du mitgebracht, was du mir versprochen hast?"

Er schwieg still, aber der Sohn fragte: „Was willst du hier?" Da sagte das schwarze Männchen: „Ich habe mit deinem Vater zu sprechen und nicht mit dir." Der Sohn antwortete: „Du hast meinen Vater betrogen und verführt, gib die Handschrift heraus."

„Nein", sagte das schwarze Männchen, „mein Recht geb ich nicht auf." Da redeten sie noch lange miteinander, endlich wurden sie einig, der Sohn, weil er nicht dem Erbfeind und nicht mehr seinem Vater zugehörte, sollte sich in ein Schiffchen setzen, das auf einem hinabwärts fließenden Wasser stände, und der Vater sollte es mit seinem eigenen Fuß fortstoßen, und dann sollte der Sohn dem Wasser überlassen bleiben.

Da nahm er Abschied von seinem Vater, setzte sich in ein Schiffchen, und der Vater mußte es mit seinem eigenen Fuß fortstoßen. Das Schiffchen schlug um, so daß der unterste Teil oben war, die Decke aber im Wasser; und der Vater glaubte, sein Sohn wäre verloren, ging heim und trauerte um ihn.

Das Schiffchen aber versank nicht, sondern floß ruhig fort, und der Jüngling saß sicher darin, und so floß es lange, bis es endlich an einem unbekannten Ufer festsitzen blieb. Da stieg er ans Land, sah ein schönes Schloß vor sich liegen und ging darauf los. Wie er aber hineintrat, war es verwünscht; er ging durch alle Zimmer, aber sie waren leer, bis er in die letzte Kammer kam; da lag eine Schlange darin und ringelte sich. Die Schlange aber war eine verwünschte Jungfrau, die freute sich, wie sie ihn sah, und sprach zu ihm: „Kommst du, mein Erlöser? Auf dich habe ich schon zwölf Jahre gewartet; dies Reich ist verwünscht, und du mußt es erlösen."

„Wie kann ich das?" fragte er.

„Heute nacht kommen zwölf schwarze Männer, die mit Ketten behangen sind, die werden dich fragen, was du hier machst; da schweig aber still und gib ihnen keine Antwort und laß sie mit dir machen, was sie wollen: sie werden dich quälen, schlagen und stechen, laß alles geschehen, nur rede nicht; um zwölf Uhr müssen sie wieder fort. Und in der zweiten Nacht werden wieder zwölf andere kommen, in der dritten vierundzwanzig, die werden dir den Kopf abhauen; aber um zwölf Uhr ist ihre Macht vorbei, und wenn du dann ausgehalten und kein Wörtchen gesprochen hast, so bin ich erlöst. Ich komme zu dir und habe in einer Flasche das Wasser des Lebens, damit bestreiche ich dich, und dann bist du wieder lebendig und gesund wie zuvor." Da sprach er: „Gerne will ich dich erlösen."

Es geschah nun alles so, wie sie gesagt hatte: die schwarzen Männer konnten ihm kein Wort abzwingen, und in der dritten Nacht ward die Schlange zu einer schönen

Königstochter, die kam mit dem Wasser des Lebens und machte ihn wieder lebendig. Und dann fiel sie ihm um den Hals und küßte ihn, und war Jubel und Freude im ganzen Schloß. Da wurde ihre Hochzeit gehalten, und er war König vom *goldenen Berge*.

Also lebten sie vergnügt zusammen, und die Königin gebar einen schönen Knaben. Acht Jahre waren schon herum, da fiel ihm sein Vater ein, und sein Herz ward bewegt, und er wünschte, ihn einmal heimzusuchen. Die Königin wollte ihn aber nicht fortlassen und sagte: „Ich weiß schon, daß es mein Unglück ist." Er ließ ihr aber keine Ruhe, bis sie einwilligte. Beim Abschied gab sie ihm noch einen Wunschring und sprach: „Nimm diesen Ring und steck ihn an deinen Finger, so wirst du alsbald dahin versetzt, wo du dich hinwünschest, nur mußt du mir versprechen, daß du ihn nicht gebrauchst, mich von hier weg zu deinem Vater zu wünschen."

Er versprach ihr das, steckte den Ring an seinen Finger und wünschte sich heim vor die Stadt, wo sein Vater lebte. Im Augenblick befand er sich auch dort und wollte in die Stadt; wie er aber vors Tor kam, wollten ihn die Schildwachen nicht einlassen, weil er seltsame und doch so reiche und prächtige Kleider anhatte. Da ging er auf einen Berg, wo ein Schäfer hütete, tauschte mit diesem die Kleider und zog den alten Schäferrock an und ging also ungestört in die Stadt ein. Als er zu seinem Vater kam, gab er sich zu erkennen, der aber glaubte nimmermehr, daß es sein Sohn wäre, und sagte, er hätte zwar einen Sohn gehabt, der wäre aber längst tot; doch weil er sähe, daß er ein armer, dürftiger Schäfer wäre, so wollte er ihm einen Teller voll zu essen geben. Da sprach der Schäfer zu seinen Eltern: „Ich bin wahrhaftig Euer Sohn; wißt Ihr kein Mal an meinem Leibe, woran Ihr mich erkennen könnt?"

„Ja", sagte die Mutter, „unser Sohn hatte eine Himbeere unter dem rechten Arm." Er streifte das Hemd zurück; da sahen sie die Himbeere unter seinem rechten Arm und zweifelten nicht mehr, daß es ihr Sohn wäre. Darauf erzählte er ihnen, er wäre König vom goldenen Berge, und eine Königstochter wäre seine Gemahlin, und sie hätten einen schönen Sohn von sieben Jahren. Da sprach der Vater: „Nun und nimmermehr ist das wahr: Das ist mir ein schöner König, der in einem zerlumpten Schäferrock hergeht." Da ward der Sohn zornig und drehte, ohne an sein Versprechen zu denken, den Ring herum und wünschte beide, seine Gemahlin und sein Kind, zu sich. In dem Augenblick waren sie auch da, aber die Königin, die klagte und weinte und sagte, er hätte sein Wort gebrochen und hätte sie unglücklich gemacht. Er sagte: „Ich habe es unachtsam getan und nicht mit bösem Willen." Und redete ihr zu; sie stellte sich auch, als gäbe sie nach, aber sie hatte Böses im Sinn.

Da führte er sie hinaus vor die Stadt auf den Acker und zeigte ihr das Wasser, wo das Schiffchen war abgestoßen worden, und sprach dann: „Ich bin müde, setze dich nieder, ich will ein wenig auf deinem Schoß schlafen." Da legte er seinen Kopf auf ihren Schoß, und sie lauste ihn ein wenig, bis er einschlief. Als er eingeschlafen war, zog sie erst den Ring von seinem Finger, dann zog sie den Fuß unter ihm weg und ließ nur den Toffel zurück; hierauf nahm sie ihr Kind in den Arm und wünschte sich wieder in ihr Königreich.

Als er aufwachte, lag er da ganz verlassen, und seine Gemahlin und das Kind waren fort und der Ring vom Finger auch, nur der Toffel stand noch da zum Wahrzeichen. ‚Nach Haus zu deinen Eltern kannst du nicht wieder gehen', dachte er, ‚die würden sagen, du wärst ein Hexenmeister, du willst aufpacken und gehen, bis du in dein Königreich kommst.'

Also ging er fort und kam endlich zu einem

Berg, vor dem drei Riesen standen und miteinander stritten, weil sie nicht wußten, wie sie ihres Vaters Erbe teilen sollten. Als sie ihn vorbeigehen sahen, riefen sie ihn an und sagten, kleine Menschen hätten klugen Sinn, er sollte ihnen die Erbschaft verteilen. Die Erbschaft aber bestand aus einem Degen; wenn einer den in die Hand nahm und sprach: „Köpf alle runter, nur meiner nicht." So lagen alle Köpfe auf der Erde; zweitens aus einem Mantel, wer den anzog, war unsichtbar; drittens aus einem Paar Stiefel; wenn man die angezogen hatte und sich wohin wünschte, so war man im Augenblick da. Er sagte: „Gebt mir die drei Stücke, damit ich probieren könnte, ob sie noch in gutem Stande sind." Da gaben sie ihm den Mantel, und als er ihn umgehängt hatte, war er unsichtbar und war in eine Fliege verwandelt. Dann nahm er wieder seine Gestalt an und sprach: „Der Mantel ist gut, nun gebt mir das Schwert." Sie sagten: „Nein, das geben wir nicht! Wenn du sprächst: ‚Köpf alle runter, nur meiner nicht!' so wären unsere Köpfe alle herab, und du allein hättest den deinigen noch." Doch gaben sie es ihm unter der Bedingung, daß er's an einem Baum probieren sollte. Das tat er, und das Schwert zerschnitt den Stamm eines Baumes wie einen Strohhalm. Nun wollte er noch die Stiefel haben, sie sprachen aber: „Nein, die geben wir nicht weg; wenn du sie angezogen hättest und wünschtest dich oben auf den Berg, so stünden wir da unten und hätten nichts."

„Nein", sprach er, „das will ich nicht tun." Da gaben sie ihm auch die Stiefel.

Wie er nun alle drei Stücke hatte, so dachte er an nichts als an seine Frau und sein Kind und sprach vor sich hin: „Ach wäre ich auf dem goldenen Berg!" Und alsbald verschwand er vor den Augen der Riesen, und war also ihr Erbe geteilt. Als er nah beim Schloß war, hörte er Freudengeschrei, Geigen und Flöten, und die Leute sagten ihm, seine Gemahlin feierte ihre Hochzeit mit einem andern. Da ward er zornig und sprach: „Die Falsche, sie hat mich betrogen und mich verlassen, als ich eingeschlafen war." Da hing er seinen Mantel um und ging unsichtbar ins Schloß hinein.

Als er in den Saal eintrat, war da eine große Tafel mit köstlichen Speisen besetzt, und die Gäste aßen und tranken, lachten und scherzten. Sie aber saß in der Mitte in prächtigen Kleidern auf einem königlichen Sessel und hatte die Krone auf dem Haupt. Er stellte sich hinter sie, und niemand sah ihn. Wenn sie ihr ein Stück Fleisch auf den Teller legten, nahm er es weg und aß es; und wenn sie ihr ein Glas Wein einschenkten, nahm er's weg und trank's aus; sie gaben ihr immer, und sie hatte doch immer nichts, denn Teller und Glas verschwanden augenblicklich. Da ward sie bestürzt und schämte sich, stand auf und ging in ihre Kammer und weinte, er aber ging hinter ihr her. Da sprach sie: „Ist denn der Teufel über mir, oder kam mein Erlöser nie?" Da schlug er ihr ins Angesicht und sagte: „Kam dein Erlöser nie? Er ist über dir, du Betrügerin. Habe ich das an dir verdient?" Da machte er sich sichtbar, ging in den Saal und rief: „Die Hochzeit ist aus, der wahre König ist gekommen!"

Die Könige, Fürsten und Räte, die da versammelt waren, höhnten und verlachten ihn; er aber gab kurze Worte und sprach: „Wollt ihr hinaus oder nicht?" Da wollten sie ihn fangen und drangen auf ihn ein, aber er zog sein Schwert und sprach: „Köpf alle runter, nur meiner nicht." Da rollten alle Köpfe zur Erde, und er war allein der Herr und war wieder König vom goldenen Berge.

Das Wasser des Lebens

Es war einmal ein König, der war krank, und niemand glaubte, daß er mit dem Leben davonkäme. Er hatte aber drei Söhne, die waren darüber betrübt, gingen hinunter in den Schloßgarten und weinten. Da begegnete ihnen ein alter Mann, der fragte sie nach ihrem Kummer. Sie sagten ihm, ihr Vater wäre so krank, daß er wohl sterben würde, denn es wollte ihm nichts helfen. Da sprach der Alte: „Ich weiß noch ein Mittel, das ist das Wasser des Lebens; wenn er davon trinkt, so wird er wieder gesund; es ist aber schwer zu finden."

Der Älteste sagte: „Ich will es schon finden." Er ging zum kranken König und bat ihn, er möchte ihm erlauben auszuziehen, um das Wasser des Lebens zu suchen, denn das könnte ihn allein heilen. „Nein", sprach der König, „die Gefahr dabei ist zu groß, lieber will ich sterben." Er bat aber so lange, bis der König einwilligte. Der Prinz dachte in seinem Herzen: ‚Bringe ich das Wasser, so bin ich meinem Vater der liebste und erbe das Reich.'

Also machte er sich auf, und als er eine Zeitlang fortgeritten war, stand da ein Zwerg auf dem Wege, der rief ihn an und sprach: „Wo hinaus so geschwind?"

„Dummer Knirps", sagte der Prinz ganz stolz, „das brauchst du nicht zu wissen." Und ritt weiter. Das kleine Männchen aber war zornig geworden und hatte einen bösen Wunsch getan.

Der Prinz geriet bald hernach in eine Bergschlucht, und je weiter er ritt, desto enger taten sich die Berge zusammen, und endlich ward der Weg so eng, daß er keinen Schritt weiter konnte; es war nicht möglich, das Pferd zu wenden oder aus dem Sattel zu steigen, und er saß da wie eingesperrt.

Der kranke König wartete lange Zeit auf ihn, aber er kam nicht. Da sagte der zweite Sohn: „Vater, laßt mich ausziehen und das Wasser suchen." Und dachte bei sich: ‚Ist mein Bruder tot, so fällt das Reich mir zu.' Der König wollte ihn anfangs auch nicht ziehen lassen, endlich gab er nach. Der Prinz zog also auf demselben Weg fort, den sein Bruder eingeschlagen hatte, und begegnete auch dem Zwerg, der ihn anhielt und fragte, wohin er so eilig wollte. „Kleiner Knirps", sagte der Prinz, „das brauchst du nicht zu wissen!" und ritt fort, ohne sich weiter umzusehen. Aber der Zwerg verwünschte ihn, und er geriet wie der andere in eine Bergschlucht und konnte nicht vorwärts und nicht rückwärts. So geht's aber den Hochmütigen.

Als auch der zweite Sohn ausblieb, so erbot sich der jüngste, auszuziehen und das Wasser zu holen, und der König mußte ihn endlich ziehen lassen. Als er dem Zwerg begegnete und dieser fragte, wohin er so eilig wolle, so hielt er an, gab ihm Rede und Antwort und sagte: „Ich suche das Wasser des Lebens, denn mein Vater ist sterbenskrank."

„Weißt du auch, wo das zu finden ist?"

„Nein!" sagte der Prinz.

„Weil du dich betragen hast, wie sich's geziemt, nicht übermütig wie deine falschen Brüder, so will ich dir Auskunft geben und dir sagen, wie du zu dem Wasser des Lebens gelangst. Es quillt aus einem Brunnen in dem Hofe eines verwünschten Schlosses; aber du dringst nicht hinein, wenn ich dir nicht eine eiserne Rute gebe und zwei Laiberchen Brot. Mit der Rute schlag dreimal an das eiserne Tor des Schlosses, so wird es aufspringen; inwendig liegen zwei Löwen, die den Rachen aufsperren; wenn du aber jedem ein Brot hineinwirfst, so werden sie still, und dann eile dich und hol von dem Wasser des Lebens, bevor es zwölf schlägt, sonst schlägt das Tor wieder zu, und du bist eingesperrt.“ Der Prinz dankte ihm, nahm die Rute und das Brot und machte sich auf den Weg. Und als er anlangte, war alles so, wie der Zwerg gesagt hatte. Das Tor sprang beim dritten Rutenschlag auf, und als er die Löwen mit dem Brot gesänftigt hatte, trat er in das Schloß und kam in einen großen schönen Saal: darin saßen verwünschte Prinzen, denen zog er die Ringe vom Finger, dann lag da ein Schwert und ein Brot, das nahm er weg. Und weiter kam er in ein Zimmer, darin stand eine schöne Jungfrau, die freute sich, als sie ihn sah, küßte ihn und sagte, er hätte sie erlöst und sollte ihr ganzes Reich haben, und wenn er in einem Jahre wiederkäme, so sollte ihre Hochzeit gefeiert werden. Dann sagte sie ihm auch, wo der Brunnen wäre mit dem Lebenswasser, er müßte sich aber eilen und daraus schöpfen, eh es zwölf schlüge.

Da ging er weiter und kam endlich in ein Zimmer, wo ein schönes frischgedecktes Bett stand, und weil er müde war, wollt er erst ein wenig ausruhen. Also legte er sich und schlief ein; als er erwachte, schlug es dreiviertel auf zwölf. Da sprang er ganz erschrocken auf, lief zu dem Brunnen und schöpfte daraus mit einem Becher, der daneben stand, und eilte, daß er fortkam. Wie er eben zum eisernen Tor hinausging, da schlug's zwölf, und das Tor schlug so heftig zu, daß es ihm noch ein Stück von der Ferse wegnahm.

Er aber war froh, daß er das Wasser des Lebens erlangt hatte, ging heimwärts und kam wieder an dem Zwerg vorbei. Als dieser das Schwert und das Brot sah, sprach er: „Damit hast du großes Gut gewonnen, mit dem Schwert kannst du ganze Heere schlagen, das Brot aber wird niemals all."

Der Prinz wollte ohne seine Brüder nicht zu dem Vater nach Haus kommen und sprach: „Lieber Zwerg, kannst du mir nicht sagen, wo meine zwei Brüder sind? Sie sind früher als ich nach dem Wasser des Lebens ausgezogen und sind nicht wiedergekommen."

„Zwischen zwei Bergen stecken sie eingeschlossen", sprach der Zwerg, „dahin habe ich sie verwünscht, weil sie so übermütig waren." Da bat der Prinz so lange, bis der Zwerg sie wieder losließ; aber er warnte ihn und sprach: „Hüte dich vor ihnen, sie haben ein böses Herz."

Als seine Brüder kamen, freute er sich und erzählte ihnen, wie es ihm ergangen wäre, daß er das Wasser des Lebens gefunden und einen Becher voll mitgenommen und eine schöne Prinzessin erlöst hätte, die wollte ein

Jahr lang auf ihn warten, dann sollte Hochzeit gehalten werden, und er bekäme ein großes Reich. Danach ritten sie zusammen fort und gerieten in ein Land, wo Hunger und Krieg war, und der König glaubte schon, er müßte verderben, so groß war die Not.

Da ging der Prinz zu ihm und gab ihm das Brot, womit er sein ganzes Reich speiste und sättigte; und dann gab ihm der Prinz auch das Schwert, damit schlug er die Heere seiner Feinde und konnte nun in Ruhe und Frieden leben. Da nahm der Prinz sein Brot und Schwert wieder zurück, und die drei Brüder ritten weiter. Sie kamen aber noch in zwei Länder, wo Hunger und Krieg herrschten, und da gab der Prinz den Königen jedesmal sein Brot und Schwert und hatte nun drei Reiche gerettet.

Danach setzten sie sich auf ein Schiff und fuhren übers Meer. Während der Fahrt sprachen die beiden ältesten unter sich: „Der jüngste hat das Wasser des Lebens gefunden und wir nicht, dafür wird ihm unser Vater das Reich geben, das uns gebührt, und er wird unser Glück wegnehmen." Da wurden sie rachsüchtig und verabredeten miteinander, daß sie ihn verderben wollten. Sie warteten, bis er einmal fest eingeschlafen war; da gossen sie das Wasser des Lebens aus dem

Becher und nahmen es für sich, ihm aber gossen sie bitteres Meerwasser hinein.

Als sie nun daheim ankamen, brachte der jüngste dem kranken König seinen Becher, damit er daraus trinken und gesund werden sollte. Kaum aber hatte er ein wenig von dem bitteren Meerwasser getrunken, so ward er noch kränker als zuvor. Und wie er darüber jammerte, kamen die beiden ältesten Söhne und klagten den jüngsten an, er hätte ihn vergiften wollen, sie brächten ihm das rechte Wasser des Lebens und reichten es ihm. Kaum hatte er davon getrunken, so fühlte er seine Krankheit verschwinden und ward stark und gesund wie in seinen jungen Tagen.

Danach gingen die beiden zu dem jüngsten, verspotteten ihn und sagten: „Du hast zwar das Wasser des Lebens gefunden, aber du hast die Mühe gehabt und wir den Lohn; du hättest klüger sein und die Augen aufbehalten sollen, wir haben dir's genommen, während du auf dem Meere eingeschlafen warst, und übers Jahr holt sich einer von uns die schöne Königstochter. Aber hüte dich, daß du nichts davon verrätst, der Vater glaubt dir doch nicht, und wenn du ein einziges Wort sagst, so sollst du noch obendrein dein Leben verlieren, schweigst du aber, so soll dir's geschenkt sein."

Der alte König war zornig über seinen jüngsten Sohn und glaubte, er hätte ihm nach dem Leben getrachtet. Also ließ er den Hof versammeln und das Urteil über ihn sprechen, daß er heimlich sollte erschossen werden. Als der Prinz nun einmal auf die Jagd ritt und nichts Böses vermutete, mußte des Königs Jäger mitgehen.

Draußen, als sie ganz allein im Wald waren und der Jäger so traurig aussah, sagte der Prinz zu ihm: „Lieber Jäger, was fehlt dir?"

Der Jäger sprach: „Ich kann's nicht sagen und soll es doch." Da sprach der Prinz: „Sage heraus, was es ist, ich will dir's verzeihen."

„Ach", sagte der Jäger, „ich soll Euch totschießen, der König hat mir's befohlen." Da erschrak der Prinz und sprach: „Lieber Jäger, laß mich leben, da geb ich dir mein königliches Kleid, gib mir dafür dein schlechtes." Der Jäger sagte: „Das will ich gerne tun, ich hätte doch nicht nach Euch schießen können." Da tauschten sie die Kleider, und der Jäger ging heim, der Prinz aber ging weiter in den Wald hinein.

Über eine Zeit, da kamen zu dem alten König drei Wagen mit Gold und Edelsteinen für seinen jüngsten Sohn; sie waren aber von den drei Königen geschickt, die mit des Prinzen Schwert die Feinde geschlagen und mit seinem Brot ihr Land ernährt hatten und die sich dankbar bezeigen wollten.

Da dachte der alte König: ‚Sollte mein Sohn unschuldig gewesen sein?' Und sprach zu seinen Leuten: „Wäre er noch am Leben, wie tut mir's so leid, daß ich ihn habe töten lassen."

„Er lebt noch", sprach der Jäger, „ich konnte es nicht übers Herz bringen, Euern Befehl auszuführen." Und sagte dem König, wie es zugegangen war. Da fiel dem König ein Stein von dem Herzen, und er ließ in allen Reichen verkünden, sein Sohn dürfte wiederkommen und sollte in Gnaden aufgenommen werden.

Die Königstochter aber ließ eine Straße vor ihrem Schloß machen, die war ganz golden und glänzend, und sagte ihren Leuten, wer darauf geradenwegs zu ihr geritten käme, das wäre der rechte, und den sollten sie einlassen, wer aber daneben käme, der wäre der rechte nicht, und den sollten sie auch nicht einlassen.

Als nun die Zeit bald herum war, dachte der älteste, er wollte sich eilen, zur Königstochter gehen und sich für ihren Erlöser ausgeben, da bekäme er sie zur Gemahlin und das Reich daneben. Also ritt er fort, und als er vor das Schloß kam und die schöne goldene Straße sah, dachte er: ‚Das wäre jammerschade, wenn du darauf rittest.' Lenkte ab und ritt rechts nebenher. Wie er aber vor das Tor kam, sagten die Leute zu ihm, er wäre der rechte nicht, er sollte wieder fortgehen.

Bald darauf machte sich der zweite Prinz auf, und wie der zur goldenen Straße kam und das Pferd den einen Fuß daraufgesetzt hatte, dachte er ‚es wäre jammerschade, das könnte etwas abtreten, lenkte ab und ritt links nebenher. Wie er aber vor das Tor kam, sagten die Leute, er wäre der rechte nicht, er sollte wieder fortgehen.

Als nun das Jahr ganz herum war, wollte der dritte aus dem Wald fort zu seiner Liebsten reiten und bei ihr sein Leid vergessen. Also machte er sich auf und dachte immer an sie und wäre gerne schon bei ihr gewesen und sah die goldene Straße gar nicht. Da ritt sein Pferd mitten darüber hin, und als er vor das Tor kam, ward es aufgetan, und die Königstochter empfing ihn mit Freuden und sagte, er wär ihr Erlöser und der Herr des Königreichs, und ward die Hochzeit gehalten mit großer Glückseligkeit.

Als sie vorbei war, erzählte sie ihm, daß sein Vater ihn zu sich entboten und ihm verziehen hätte. Da ritt er hin und sagte ihm alles, wie seine Brüder ihn betrogen und er doch dazu geschwiegen hätte. Der alte König wollte sie strafen, aber sie hatten sich aufs Meer gesetzt und waren fortgeschifft und kamen ihr Lebtag nicht wieder.

Des Teufels rußiger Bruder

Ein abgedankter Soldat hatte nichts zu leben und wußte sich nicht mehr zu helfen. Da ging er hinaus in den Wald, und als er ein Weilchen gegangen war, begegnete ihm ein kleines Männchen, das war aber der Teufel. Das Männchen sagte zu ihm: „Was fehlt dir? Du siehst ja so trübselig aus."

Da sprach der Soldat: „Ich habe Hunger, aber kein Geld."

Der Teufel sagte: „Willst du dich bei mir vermieten und mein Knecht sein, so sollst du für dein Lebtag genug haben; sieben Jahre sollst du mir dienen, hernach bist du wieder frei. Aber eins sag ich dir, du darfst dich nicht waschen, nicht kämmen, nicht schnippen, keine Nägel und Haare abschneiden und kein Wasser aus den Augen wischen."

Der Soldat sprach: „Frisch dran, wenn's nicht anders sein kann!" und ging mit dem Männchen fort, das führte ihn geradewegs in die Hölle hinein. Dann sagte es ihm, was er zu tun hätte: er müßte das Feuer schüren unter den Kesseln, wo die Höllenbraten drinsäßen, das Haus reinhalten, den Kehrdreck hinter die Türe tragen und überall auf Ordnung sehen; aber guckte er ein einziges Mal in den Kessel hinein, so würde es ihm schlimm ergehen. Der Soldat sprach: „Es ist gut, ich will's schon besorgen."

Da ging nun der alte Teufel wieder hinaus auf seine Wanderung, und der Soldat trat seinen Dienst an, legte Feuer zu, kehrte und trug den Kehrdreck hinter die Türe, alles, wie es befohlen war. Wie der alte Teufel wiederkam, sah er nach, ob alles geschehen war, zeigte sich zufrieden und ging zum zweiten Mal fort.

Der Soldat schaute sich nun einmal recht um; da standen die Kessel ringsherum in der Hölle, und war ein gewaltiges Feuer darunter, und es kochte und brutzelte darin. Er hätte für sein Leben gerne hineingeschaut, wenn es ihm der Teufel nicht so streng verboten hätte; endlich konnte er sich nicht mehr anhalten, hob vom ersten Kessel ein klein bißchen den Deckel auf und guckte hinein. Da sah er seinen ehemaligen Unteroffizier darinsitzen: „Aha, Vogel", sprach er, „treff ich dich hier? Du hast mich gehabt, jetzt hab ich dich." Ließ geschwind den Deckel fallen, schürte das Feuer und legte noch frisch zu.

Danach ging er zum zweiten Kessel, hob ihn auch ein wenig auf und guckte; da saß sein Fähnrich darin: „Aha, Vogel, treff ich dich hier? Du hast mich gehabt, jetzt hab ich dich.“ Machte den Deckel wieder zu und trug noch einen Klotz herbei, der sollte ihm erst recht heiß machen. Nun wollte er auch sehen, wer im dritten Kessel säße; da war's gar ein General: „Aha, Vogel, treff ich dich hier? Du hast mich gehabt, jetzt hab ich dich.“ Holte den Blasbalg und ließ das Höllenfeuer recht unter ihm flackern.

Also tat er sieben Jahre seinen Dienst in der Hölle, wusch sich nicht, kämmte sich nicht, schnippte sich nicht, schnitt sich die Nägel und Haare nicht und wischte sich kein Wasser aus den Augen; und die sieben Jahre waren ihm so kurz, daß er meinte, es wäre nur ein halbes Jahr gewesen.

Als nun die Zeit vollends herum war, kam der Teufel und sagte: „Nun, Hans, was hast du gemacht?“

„Ich habe das Feuer unter den Kesseln geschürt, ich habe gekehrt und den Kehrdreck hinter die Türe getragen.“

„Aber du hast auch in die Kessel geguckt; dein Glück ist, daß du noch Holz zugelegt hast, sonst war dein Leben verloren; jetzt ist deine Zeit herum, willst du wieder heim?“

„Ja", sagte der Soldat, „ich wollt auch gerne sehen, was mein Vater daheim macht."

Sprach der Teufel: „Damit du deinen verdienten Lohn kriegst, geh und raffe dir deinen Ranzen voll Kehrdreck und nimm's mit nach Haus. Du sollst auch gehen ungewaschen und ungekämmt, mit langen Haaren am Kopf und am Bart, mit ungeschnittenen Nägeln und mit trüben Augen, und wenn du gefragt wirst, woher du kämst, sollst du sagen: ‚Aus der Hölle', und wenn du gefragt wirst, wer du wärst, sollst du sagen: ‚Des Teufels rußiger Bruder und mein König auch.'" Der Soldat schwieg still und tat, was der Teufel sagte, aber er war mit seinem Lohn gar nicht zufrieden.

Sobald er nun wieder oben im Wald war, hob er seinen Ranzen vom Rücken und wollt ihn ausschütten; wie er ihn aber öffnete, so war der Kehrdreck pures Gold geworden. „Das hätte ich mir nicht gedacht!" sprach er, war vergnügt und ging in die Stadt hinein. Vor dem Wirtshaus stand der Wirt, und wie ihn der herankommen sah, erschrak er, weil Hans so entsetzlich aussah, ärger als eine Vogelscheuche. Er rief ihn an und fragte: „Woher kommst du?"

„Aus der Hölle."

„Wer bist du?"

„Dem Teufel sein rußiger Bruder und mein König auch."

Nun wollte der Wirt ihn nicht einlassen, wie er ihm aber das Gold zeigte, ging er und klinkte selber die Türe auf. Da ließ sich Hans die beste Stube geben und köstlich aufwarten, aß und trank sich satt, wusch sich aber nicht und kämmte sich nicht, wie ihm der Teufel geheißen hatte, und legte sich endlich schlafen. Dem Wirt aber stand der Ranzen voll Gold vor Augen und ließ ihm keine Ruhe, bis er in der Nacht hinschlich und ihn wegstahl.

Wie nun Hans am andern Morgen aufstand, den Wirt bezahlen und weitergehen wollte, da war sein Ranzen weg. Er faßte sich aber kurz, dachte: ‚Du bist ohne Schuld unglücklich gewesen.' Und kehrte wieder um, geradezu in die Hölle; da klagte er dem alten Teufel seine Not und bat ihn um Hilfe. Der Teufel sagte: „Setz dich, ich will dich waschen, kämmen, schnippen, die Haare und Nägel schneiden und die Augen auswischen." Und als er mit ihm fertig war, gab er ihm den Ranzen wieder voll Kehrdreck und sprach: „Geh hin und sage dem Wirt, er sollte dir dein Gold wieder herausgeben, sonst wollt ich kommen und ihn abholen, und er sollte an deinem Platz das Feuer schüren."

Hans ging hinauf und sprach zu dem Wirt: „Du hast mein Gold gestohlen; gibst du's nicht wieder, so kommst du in die Hölle an meinen Platz und sollst aussehen so greulich wie ich." Da gab ihm der Wirt das Gold und noch mehr dazu und bat ihn, nur still davon zu sein; und Hans war nun ein reicher Mann.

Hans machte sich auf den Weg heim zu seinem Vater, kaufte sich einen schlechten Linnenkittel auf den Leib, ging herum und machte Musik, denn das hatte er bei dem Teufel in der Hölle gelernt. Es war aber ein alter König im Land, vor dem mußt er spielen, und der geriet darüber in solche Freude, daß er dem Hans seine älteste Tochter zur Ehe versprach. Als die aber hörte, daß sie so einen gemeinen Kerl im weißen Kittel heiraten sollte, sprach sie: „Eh ich das tät, wollt ich lieber ins tiefste Wasser gehen." Da gab ihm der König die jüngste, die wollt's ihrem Vater zuliebe gerne tun; und also bekam des Teufels rußiger Bruder die Königstochter und, als der alte König gestorben war, auch das ganze Reich.

Der arme Müllerbursch und das Kätzchen

In einer Mühle lebte ein alter Müller, der hatte weder Frau noch Kinder, und drei Müllerburschen dienten bei ihm. Wie sie nun etliche Jahre bei ihm gewesen waren, sagte er eines Tages zu ihnen: „Ich bin alt und will mich hinter den Ofen setzen; zieht aus, und wer mir das beste Pferd nach Haus bringt, dem will ich die Mühle geben, und er soll mich dafür bis an meinen Tod verpflegen."

Der dritte von den Burschen aber war der Kleinknecht, der ward von den andern für albern gehalten, dem gönnten sie die Mühle nicht; und er wollte sie hernach nicht einmal.

Da zogen sie alle drei miteinander aus, und wie sie vor das Dorf kamen, sagten die zwei zu dem albernen Hans: „Du kannst nur hierbleiben, du kriegst dein Lebtag keinen Gaul." Hans aber ging doch mit, und als es Nacht war, kamen sie an eine Höhle, da hinein legten sie sich schlafen. Die zwei Klugen warteten, bis Hans eingeschlafen war, dann stiegen sie auf, machten sich fort und ließen Hänschen liegen und meinten's recht fein gemacht zu haben; ja, es wird euch doch nicht gut gehen!

Wie nun die Sonne kam und Hans aufwachte, lag er in einer tiefen Höhle; er guckte sich überall um und rief: „Ach Gott, wo bin ich!" Da erhob er sich und krabbelte die Höhle hinauf, ging in den Wald und dachte: ‚Ich bin hier ganz allein und verlassen, wie soll ich nun zu einem Pferd kommen!' Indem er so in Gedanken dahinging, begegnete ihm ein kleines buntes Kätzchen, das sprach ganz freundlich: „Hans, wo willst du hin?"

„Ach, du kannst mir doch nicht helfen."

„Was dein Begehren ist, weiß ich wohl", sprach das Kätzchen, „du willst einen hübschen Gaul haben. Komm mit mir und sei sieben Jahre lang mein treuer Knecht, so will ich dir einen geben, schöner als du dein Lebtag einen gesehen hast."

‚Nun, das ist eine wunderliche Katze', dachte Hans, ‚aber sehen will ich doch, ob das wahr ist, was sie sagt.' Da nahm sie ihn mit in ihr verwünschtes Schlößchen und hatte da lauter Kätzchen, die ihr dienten; die sprangen flink die Treppe auf und ab, waren lustig und guter Dinge. Abends, als sie sich zu Tische setzten, mußten drei Musik machen: eins strich den Baß, das andere die

Geige, das dritte setzte die Trompete an und blies die Backen auf, so sehr es nur konnte. Als sie gegessen hatten, wurde der Tisch weggetragen, und die Katze sagte: „Nun komm, Hans, und tanze mit mir."

„Nein", antwortete er, „mit einer Miezekatze tanze ich nicht, das habe ich noch niemals getan."

„So bringt ihn ins Bett!" sagte sie zu den Kätzchen.

Da leuchtete ihm eins in seine Schlafkammer, eins zog ihm die Schuhe aus, eins die Strümpfe, und zuletzt blies eins das Licht aus. Am andern Morgen kamen sie wieder und halfen ihm aus dem Bett: eins zog ihm die Strümpfe an, eins band ihm die Strumpfbänder, eins holte die Schuhe, eins wusch ihn, und eins trocknete ihm mit dem Schwanz das Gesicht ab. „Das tut recht sanft", sagte Hans.

Er mußte aber auch der Katze dienen und alle Tage Holz klein machen; dazu kriegte er eine Axt von Silber und die Keile und Säge von Silber, und der Schläger war von Kupfer. Nun, da machte er's klein, blieb da im Haus, hatte sein gutes Essen und Trinken, sah aber niemand als die bunte Katze und ihr Gesinde.

Einmal sagte sie zu ihm: „Geh hin und mähe meine Wiese und mache das Gras trokken!“ und gab ihm von Silber eine Sense und von Gold einen Wetzstein, hieß ihn aber auch alles wieder richtig abliefern. Da ging Hans hin und tat, was ihm geheißen war; nach vollbrachter Arbeit trug er Sense, Wetzstein und Heu nach Haus und fragte, ob sie ihm noch nicht seinen Lohn geben wollte. „Nein“, sagte die Katze, „du sollst mir erst noch einerlei tun; da ist Bauholz von Silber, Zimmeraxt, Winkeleisen und was nötig ist, alles von Silber, daraus baue mir erst ein kleines Häuschen!“

Da baute Hans das Häuschen fertig und sagte, er hätte nun alles getan und hätte noch kein Pferd. Doch waren ihm die sieben Jahre herumgegangen wie ein halbes. Fragte die Katze, ob er ihre Pferde sehen wollte. „Ja!“ sagte Hans. Da machte sie ihm das Häuschen auf, und wie sie die Türe so aufmacht, da stehen zwölf Pferde, ach, die waren gewesen ganz stolz, die hatten geblänkt und gespiegelt, daß sich sein Herz im Leibe darüber freute.

Nun gab sie ihm zu essen und zu trinken und sprach: „Geh heim, dein Pferd geb ich dir nicht mit, in drei Tagen aber komm ich und bringe dir's nach.“ Also machte Hans sich auf, und sie zeigte ihm den Weg zur Mühle. Sie hatte ihm aber nicht einmal ein neues Kleid gegeben, sondern er mußte sein altes lumpiges Kittelchen behalten, das er mitgebracht hatte und das ihm in den sieben Jahren überall zu kurz geworden war.

Wie er nun heimkam, so waren die beiden andern Müllerburschen auch wieder da; jeder hatte zwar sein Pferd mitgebracht, aber des einen seins war blind, des andern seins lahm. Sie fragten: „Hans, wo hast du dein Pferd?"

„In drei Tagen wird's nachkommen."

Da lachten sie und sagten: „Ja, du Hans, wo willst du ein Pferd herkriegen, das wird was Rechtes sein!" Hans ging in die Stube, der Müller sagte aber, er solle nicht an den Tisch kommen, er wäre so zerrissen und zerlumpt, man müßte sich schämen, wenn jemand hereinkäme. Da gaben sie ihm ein bißchen Essen hinaus, und wie sie abends schlafen gingen, wollten ihm die zwei andern kein Bett geben, und er mußte endlich ins Gänseställchen kriechen und sich auf ein wenig hartes Stroh legen. Am Morgen, wie er aufwacht, sind schon die drei Tage herum, und es kommt eine Kutsche mit sechs Pferden, ei, die glänzten, daß es schön war, und ein Bedienter, der brachte noch ein siebentes, das war für den armen Müllerbursch.

Aus der Kutsche aber stieg eine prächtige Königstochter und ging in die Mühle hinein, und die Königstochter war das kleine bunte Kätzchen, dem der arme Hans sieben Jahre gedient hatte. Sie fragte den Müller, wo der Mahlbursch, der Kleinknecht, wäre. Da sagte der Müller: „Den können wir nicht in die Mühle nehmen, der ist so verrissen und liegt im Gänsestall." Da sagte die Königstochter, sie sollten ihn gleich holen. Also holten sie ihn heraus, und er mußte sein Kittelchen zusammenpacken, um sich zu bedecken.

Da schnallte der Bediente prächtige Kleider aus und mußte ihn waschen und anziehen, und wie er fertig war, konnte kein König schöner aussehen. Danach verlangte die Jungfrau, die Pferde zu sehen, welche die andern Mahlburschen mitgebracht hatten, eins war blind, das andere lahm. Da ließ sie den Bedienten das siebente Pferd bringen; wie der Müller das sah, sprach er, so eins wär ihm noch nicht auf den Hof gekommen. „Und das ist für den dritten Mahlbursch!" sagte sie. „Da muß er die Mühle haben!" sagte der Müller, die Königstochter aber sprach, da wäre das Pferd, er sollte seine Mühle auch behalten und nimmt ihren treuen Hans und setzt ihn in die Kutsche und fährt mit ihm fort.

Sie fahren zuerst nach dem kleinen Häuschen, das er mit dem silbernen Werkzeug gebaut hat; da ist es ein großes Schloß, und ist alles darin von Silber und Gold; und da hat sie ihn geheiratet, und war er reich, so reich, daß er für sein Lebtag genug hatte. Darum soll keiner sagen, daß, wer albern ist, deshalb nichts Rechtes werden könne.

Hans mein Igel

Es war einmal ein Bauer, der hatte Geld und Gut genug, aber wie reich er war, so fehlte doch etwas an seinem Glück: er hatte mit seiner Frau keine Kinder. Öfters, wenn er mit den andern Bauern in die Stadt ging, spotteten sie und fragten, warum er keine Kinder hätte. Da ward er endlich zornig, und als er nach Haus kam, sprach er: „Ich will ein Kind haben, und sollt's ein Igel sein." Da kriegte seine Frau ein Kind, das war oben ein Igel und unten ein Junge, und als sie das Kind sah, erschrak sie und sprach: „Siehst du, du hast uns verwünscht." Da sprach der Mann: „Was kann das alles helfen, getauft muß der Junge werden, aber wir können keinen Gevatter dazu nehmen."

Die Frau sprach: „Wir können ihn auch nicht anders taufen als *Hans mein Igel*."

Als er getauft war, sagte der Pfarrer: „Der kann wegen seiner Stacheln in kein ordentlich Bett kommen." Da ward hinter dem Ofen ein wenig Stroh zurechtgemacht und Hans mein Igel daraufgelegt. Er konnte auch an der Mutter nicht trinken, denn er hätte sie mit seinen Stacheln gestochen. So lag er da hinter dem Ofen acht Jahre, und sein Vater war ihn müde und dachte, wenn er nur stürbe; aber er starb nicht, sondern blieb da liegen. Nun trug es sich zu, daß in der Stadt ein Markt war, und der Bauer wollte hingehen; da fragte er seine Frau, was er ihr sollte mitbringen. „Ein wenig Fleisch und ein paar Wecke, was zum Haushalt gehört!" sprach sie. Darauf fragte er die Magd, die wollte ein Paar Toffeln und Zwickelstrümpfe. Endlich sagte er auch: „Hans mein Igel, was willst du denn haben?"

„Väterchen", sprach er, „bring mir doch einen Dudelsack mit." Wie nun der Bauer wieder nach Haus kam, gab er der Frau, was er ihr gekauft hatte, Fleisch und Wecke, dann gab er der Magd die Toffeln und die Zwickelstrümpfe, endlich ging er hinter den Ofen und gab dem Hans mein Igel den Dudelsack. Und wie Hans mein Igel den Dudelsack hatte, sprach er: „Väterchen, geht doch vor die Schmiede und laßt mir meinen Göckelhahn beschlagen, dann will ich fortreiten und nimmermehr wiederkommen." Da war der Vater froh, daß er ihn los werden sollte, und ließ ihm den Hahn beschlagen, und als er fertig war, setzte sich Hans mein Igel darauf, ritt fort, nahm auch Schweine und Esel mit, die wollt er draußen im Walde hüten. Im Wald aber mußte der Hahn mit ihm auf einen hohen Baum fliegen; da saß er und hütete die Esel und Schweine und saß lange Jahre, bis die Herde ganz groß war, und wußte sein Vater nichts von ihm. Wenn er aber auf dem Baum saß, blies er seinen Dudelsack und machte Musik, die war sehr schön. Einmal kam ein König vorbeigefahren, der hatte sich verirrt und hörte die Musik; da verwunderte er sich darüber und schickte seinen Bedienten hin, er sollte sich einmal umgucken, wo die Musik herkäme. Er guckte sich um, sah aber nichts, als ein kleines Tier auf dem Baum oben sitzen, das war wie ein Göckelhahn, auf dem ein Igel saß, und der machte die Musik. Da sprach der König zum Bedienten, er sollte fragen, warum er da säße und ob er nicht wüßte, wo der Weg in sein Königreich ginge. Da stieg Hans mein Igel vom Baum und sprach, er wollte den Weg zeigen, wenn der König ihm wollte verschreiben und versprechen, was ihm zuerst begegnete am königlichen Hofe, sobald er nach Haues käme. Da dachte der König: ‚Das kann ich leicht tun, Hans mein Igel versteht's doch nicht, und ich kann schreiben, was ich will.' Da nahm der

König Feder und Tinte und schrieb etwas auf, und als es geschehen war, zeigte ihm Hans mein Igel den Weg, und er kam glücklich nach Haus. Seine Tochter aber, wie sie ihn von weitem sah, war so voll Freuden, daß sie ihm entgegenlief und ihn küßte. Da gedachte er an Hans mein Igel und erzählte ihr, wie es ihm ergangen wäre und daß er einem wunderlichen Tier hätte verschreiben sollen, was ihm daheim zuerst begegnen würde, und das Tier hätte auf einem Hahn wie auf einem Pferd gesessen und schöne Musik gemacht; er hätte aber geschrieben, es sollt's nicht haben, denn Hans mein Igel könnt es doch nicht lesen. Darüber war die Prinzessin froh und sagte, das wäre gut, denn sie wäre doch nimmermehr hingegangen.

Hans mein Igel aber hütete die Esel und Schweine, war immer lustig, saß auf dem Baum und blies auf seinem Dudelsack. Nun geschah es, daß ein anderer König gefahren kam mit seinen Bedienten und Laufern, und hatte sich verirrt und wußte nicht, wieder nach Haus zu kommen, weil der Wald so groß war. Da hörte er gleichfalls die schöne Musik von weitem und sprach zu seinem Laufer, was das wohl wäre, er sollte einmal zusehen. Da ging der Laufer hin unter den Baum und sah den Göckelhahn sitzen und

Hans mein Igel obendrauf. Der Laufer fragte ihn, was er da oben vorhätte. „Ich hüte meine Esel und Schweine; aber was ist Euer Begehren?“ Der Laufer sagte, sie hätten sich verirrt und könnten nicht wieder ins Königreich, ob er ihnen den Weg nicht zeigen wollte. Da stieg Hans mein Igel mit dem Hahn vom Baum herunter und sagte zu dem alten König, er wolle ihm den Weg zeigen, wenn er ihm zu eigen geben wollte, was ihm zu Haus vor seinem königlichen Schlosse das erste begegnen würde. Der König sagte ja und unterschrieb sich dem Hans mein Igel, er sollte es haben. Als das geschehen war, ritt er auf dem Göckelhahn voraus und zeigte ihnen den Weg, und gelangte der König glücklich wieder in sein Reich. Wie er auf den Hof kam, war große Freude darüber. Nun hatte er eine einzige Tochter, die war sehr schön, die lief ihm entgegen, fiel ihm um den Hals und küßte ihn und freute sich, daß ihr alter Vater wiederkam. Sie fragte ihn auch, wo er so lange in der Welt gewesen wäre; da erzählte er ihr, er hätte sich verirrt und wäre beinahe gar nicht wiedergekommen; aber als er durch einen großen Wald gefahren wäre, hätte einer, halb wie ein Igel, halb wie ein Mensch, rittlings auf einem Hahn in einem hohen Baum gesessen und schöne Musik gemacht,

der hätte ihm fortgeholfen und den Weg gezeigt; er aber hätte ihm dafür versprochen, was ihm am königlichen Hofe zuerst begegnete, und das wäre sie, und das täte ihm nun so leid. Da versprach sie ihm aber, sie wollte gerne mit ihm gehen, wann er käme, ihrem alten Vater zuliebe.

Hans mein Igel aber hütete seine Schweine, und die Schweine bekamen wieder Schweine und wurden ihrer so viel, daß der ganze Wald voll war. Da wollte Hans mein Igel nicht länger im Walde leben und ließ seinem Vater sagen, sie sollten alle Ställe im Dorf räumen, denn er käme mit einer so großen Herde, daß jeder schlachten könnte, der nur schlachten wollte. Da war sein Vater betrübt, als er das hörte, denn er dachte, Hans mein Igel wäre schon lange gestorben. Hans mein Igel aber setzte sich auf seinen Göckelhahn, trieb die Schweine vor sich her ins Dorf und ließ schlachten; hu! da war ein Gemetzel und ein Hacken, daß man's zwei Stunden weit hören konnte. Danach sagte Hans mein Igel: „Väterchen, laßt mir meinen Göckelhahn noch einmal vor der Schmiede beschlagen, dann reit ich fort und komme mein Lebtag nicht wieder." Da ließ der Vater den Göckelhahn beschlagen und war froh, daß Hans mein Igel nicht wiederkommen wollte.

Hans mein Igel ritt fort in das erste Königreich; da hatte der König befohlen, wenn einer käme auf einem Hahn geritten und hätte einen Dudelsack bei sich, dann sollten alle auf ihn schießen, hauen und stechen, damit er nicht ins Schloß käme. Als nun Hans mein Igel dahergeritten kam, drangen sie mit den Bajonetten auf ihn ein; aber er gab dem Hahn die Sporen, flog auf, über das Tor hin vor des Königs Fenster, ließ sich da nieder und rief ihm zu, er sollt ihm geben, was er versprochen hätte, sonst so wollt er ihm und seiner Tochter das Leben nehmen. Da gab der König seiner Tochter gute Worte, sie möchte zu ihm hinausgehen, damit sie ihm und sich das Leben rettete. Da zog sie sich weiß an, und ihr Vater gab ihr einen Wagen mit sechs Pferden und herrlichen Bedienten, Geld und Gut. Sie setzte sich ein und Hans mein Igel mit seinem Hahn und Dudelsack neben sie, dann nahmen sie Abschied und zogen fort, und der König dachte, er kriegte sie nicht wieder zu sehen.

Es ging aber anders, als er dachte; denn als sie ein Stück Wegs von der Stadt waren, da zog ihr Hans mein Igel die schönen Kleider aus und stach sie mit seiner Igelhaut, bis sie ganz blutig war, sagte: „Das ist der Lohn für eure Falschheit, geh hin, ich will dich nicht!“

und jagte sie damit nach Haus, und war sie beschimpft ihr Lebtag.

Hans mein Igel aber ritt weiter auf seinem Göckelhahn und mit seinem Dudelsack nach dem zweiten Königreich, dessen König er auch den Weg gezeigt hatte. Der aber hatte bestellt, wenn einer käme wie Hans mein Igel, sollten sie das Gewehr präsentieren, ihn frei hereinführen, Vivat rufen und ihn ins königliche Schloß bringen. Wie ihn nun die Königstochter sah, war sie erschrocken, weil er doch gar zu wunderlich aussah, sie dachte aber, es wäre nicht anders, sie hätte es ihrem Vater versprochen. Da ward Hans mein Igel von ihr bewillkommt und ward mit ihr vermählt, und er mußte mit an die königliche Tafel gehen, und sie setzte sich zu seiner Seite, und sie aßen und tranken. Wie's nun Abend ward, daß sie wollten schlafen gehen, da fürchtete sie sich sehr vor seinen Stacheln; er aber sprach, sie sollte sich nicht fürchten, es geschähe ihr kein Leid, und sagte zu dem alten König, er sollte vier Mann bestellen, die sollten wachen vor der Kammertüre und ein großes Feuer anmachen, und wann er in die Kammer einginge und sich ins Bett legen wollte, würde er aus seiner Igelshaut herauskriechen und sie vor dem Bett liegen lassen; dann sollten die Männer hurtig herbeispringen und sie ins Feuer werfen, auch dabeibleiben, bis sie vom Feuer verzehrt wäre. Wie die Glocke nun elfe schlug, da ging er in die Kammer, streifte die Igelshaut ab und ließ sie vor dem Bette liegen; da kamen die Männer und holten sie geschwind und warfen sie ins Feuer; und als sie das Feuer verzehrt hatte, da war er erlöst und lag da im Bett ganz als ein Mensch gestaltet, aber er war kohlschwarz wie gebrannt. Der König schickte zu seinem Arzt, der wusch ihn mit guten Salben und balsamierte ihn; da ward er weiß und war ein schöner junger Herr. Wie das die Königstochter sah, war sie froh, und am andern Morgen stiegen sie mit Freuden auf, aßen und tranken, und ward die Vermählung erst recht gefeiert, und Hans mein Igel bekam das Königreich von dem alten König.

Wie etliche Jahre herum waren, fuhr er mit seiner Gemahlin zu seinem Vater und sagte, er wäre sein Sohn; der Vater aber sprach, er hätte keinen, er hätte nur einen gehabt, der wäre aber wie ein Igel mit Stacheln geboren worden und wäre in die Welt gegangen. Da gab er sich zu erkennen, und der alte Vater freute sich und ging mit ihm in sein Königreich.

Mein Märchen ist aus
Und geht vor Gustchen sein Haus.

Die drei Handwerksburschen

Es waren drei Handwerksburschen, die hatten es verabredet, auf ihrer Wanderung beisammenzubleiben und immer in einer Stadt zu arbeiten. Auf eine Zeit aber fanden sie bei ihren Meistern kein Verdienst mehr, so daß sie endlich ganz abgerissen waren und nichts zu leben hatten. Da sprach der eine: „Was sollen wir anfangen? Hierbleiben können wir nicht länger, wir wollen wieder wandern, und wenn wir in der Stadt, wo wir hinkommen, keine Arbeit finden, so wollen wir beim Herbergsvater ausmachen, daß wir ihm schreiben, wo wir uns aufhalten, und einer vom andern Nachricht haben kann, und dann wollen wir uns trennen." Das schien den andern auch das Beste. Sie zogen fort; da kam ihnen auf dem Weg ein reichgekleideter Mann entgegen, der fragte, wer sie wären. „Wir sind Handwerksleute und suchen Arbeit; wir haben uns bisher zusammengehalten; wenn wir aber keine mehr finden, so wollen wir uns trennen."

„Das hat keine Not!" sprach der Mann. „Wenn ihr tun wollt, was ich euch sage, soll's euch an Geld und Arbeit nicht fehlen; ja, ihr sollt große Herren werden und in Kutschen fahren." Der eine sprach: „Wenn's unserer Seele und Seligkeit nicht schadet, so wollen wir's wohl tun."

„Nein", antwortete der Mann, „ich habe keinen Teil an euch." Der andere aber hatte nach seinen Füßen gesehen, und als er da einen Pferdefuß und einen Menschenfuß erblickte, wollte er sich nicht mit ihm einlassen. Der Teufel aber sprach: „Gebt euch zufrieden, es ist nicht auf euch abgesehen, sondern auf eines anderen Seele, der schon halb mein ist und dessen Maß nur vollaufen soll."

Weil sie nun sicher waren, willigten sie ein, und der Teufel sagte ihnen, was er verlangte: der erste sollte auf jede Frage antworten: „Wir alle drei!" Der zweite: „Ums Geld!" Der dritte: „Und das war recht." Das sollten sie immer hintereinander sagen, weiter aber dürften sie kein Wort sprechen, und überträten sie das Gebot, so wäre gleich alles Geld verschwunden; solange sie es aber befolgten, sollten ihre Taschen immer voll sein.

Zum Anfang gab er ihnen auch gleich so viel, als sie tragen konnten, und hieß sie in die Stadt in das und das Wirtshaus gehen.

Sie gingen hinein, der Wirt kam ihnen entgegen und fragte: „Wollt ihr etwas zu essen?“ Der erste antwortete: „Wir alle drei.“

„Ja“, sagte der Wirt, „das mein ich auch.“ Der zweite: „Ums Geld.“

„Das versteht sich!“ sagte der Wirt. Der dritte: „Und das war recht.“

„Jawohl war's recht!“ sagte der Wirt. Es ward ihnen nun gut Essen und Trinken gebracht und wohl aufgewartet. Nach dem Essen mußte die Bezahlung geschehen; da hielt der Wirt dem einen die Rechnung hin, der sprach: „Wir alle drei!“ Der zweite: „Ums Geld!“ Der dritte: „Und das war recht.“

„Freilich ist's recht“, sagte der Wirt. „Alle drei bezahlen, und ohne Geld kann ich nichts geben.“ Sie bezahlten aber noch mehr, als er gefordert hatte. Die Gäste sahen das mit an und sprachen: „Die Leute müssen toll sein.“

„Ja, das sind sie auch“, sagte der Wirt, „sie sind nicht recht klug.“

So blieben sie eine Zeitlang in dem Wirtshaus und sprachen kein ander Wort als: „Wir alle drei, ums Geld, und das war recht.“ Sie sahen aber und wußten alles, was darin vorging.

Es trug sich zu, daß ein großer Kaufmann kam mit vielem Geld, der sprach: „Herr Wirt, heb Er mir mein Geld auf, da sind die drei närrischen Handwerksburschen, die möchten mir's stehlen." Das tat der Wirt. Wie er den Mantelsack in seine Stube trug, fühlte er, daß er schwer von Gold war. Darauf gab er den drei Handwerkern unten ein Lager, der Kaufmann aber kam oben hin in eine besondere Stube. Als Mitternacht war und der Wirt dachte, sie schliefen alle, kam er mit seiner Frau, und sie hatten eine Holzaxt und schlugen den reichen Kaufmann tot; nach vollbrachtem Mord legten sie sich wieder schlafen.

Wie's nun Tag war, gab's großen Lärm, der Kaufmann lag tot im Bett und schwamm in seinem Blut. Da liefen alle Gäste zusammen, der Wirt aber sprach: „Das haben die drei tollen Handwerker getan." Die Gäste bestätigten es und sagten: „Niemand anders kann's gewesen sein." Der Wirt aber ließ sie rufen und sagte zu ihnen: „Habt ihr den Kaufmann getötet?"

„Wir alle drei!" sagte der erste. „Ums Geld!" der zweite. „Und das war recht!" der dritte. „Da hört ihr's nun", sprach der Wirt, „sie gestehen's selber." Sie wurden also ins Gefängnis gebracht und sollten hingerichtet werden.

Wie sie nun sahen, daß es so ernsthaft ging, ward ihnen doch angst, aber nachts kam der Teufel und sprach: „Haltet nur noch einen Tag aus und verscherzt euer Glück nicht, es soll euch kein Haar gekrümmt werden."

Am andern Morgen wurden sie vor Gericht geführt; da sprach der Richter: „Seid ihr die Mörder?"

„Wir alle drei."

„Warum habt ihr den Kaufmann erschlagen?"

„Ums Geld."

„Ihr Bösewichter", sagte der Richter, „habt ihr euch nicht der Sünde gescheut?"

„Und das war recht."

„Sie haben bekannt und sind noch halsstarrig dazu", sprach der Richter, „führt sie gleich zum Tod."

Also wurden sie hinausgebracht, und der Wirt mußte mit in den Kreis treten. Wie sie nun von den Henkersknechten gefaßt und oben aufs Gerüst geführt wurden, wo der Scharfrichter mit bloßem Schwerte stand, kam auf einmal eine Kutsche, mit vier blutroten Füchsen bespannt, und fuhr, daß das Feuer aus den Steinen sprang, aus dem Fenster aber winkte einer mit einem weißen Tuche.

Da sprach der Scharfrichter: „Es kommt Gnade." Und ward auch aus dem Wagen

„Gnade! Gnade!" gerufen. Da trat der Teufel heraus, als ein sehr vornehmer Herr, prächtig gekleidet, und sprach: „Ihr drei seid unschuldig; ihr dürft nun sprechen, sagt heraus, was ihr gesehen und gehört habt."

Da sprach der älteste: „Wir haben den Kaufmann nicht getötet, der Mörder steht da im Kreis!" und deutete auf den Wirt. „Zum Wahrzeichen geht hin in seinen Keller, da hängen noch viele andere, die er ums Leben gebracht."

Da schickte der Richter die Henkersknechte hin, die fanden es, wie's gesagt war, und als sie dem Richter das berichtet hatten, ließ er den Wirt hinaufführen und ihm das Haupt abschlagen. Da sprach der Teufel zu den dreien: „Nun hab ich die Seele, die ich haben wollte, ihr seid aber frei und habt Geld für euer Lebtag."

Der Königssohn, der sich vor nichts fürchtet

Es war einmal ein Königssohn, dem gefiel's nicht mehr daheim in seines Vaters Haus, und weil er vor nichts Furcht hatte, so dachte er: ‚Ich will in die weite Welt gehen, da wird mir Zeit und Weile nicht lang, und ich werde wunderliche Dinge genug sehen.' Also nahm er von seinen Eltern Abschied und ging fort, immer zu, von Morgen bis Abend, und es war ihm einerlei, wo hinaus ihn der Weg führte.

Es trug sich zu, daß er vor eines Riesen Haus kam, und weil er müde war, setzte er sich vor die Türe und ruhte. Und als er seine Augen so hin und her gehen ließ, sah er auf dem Hof des Riesen Spielwerk liegen: das waren ein paar mächtige Kugeln und Kegel so groß wie ein Mensch. Über ein Weilchen bekam er Lust, stellte die Kegel auf und schob mit den Kugeln danach, schrie und rief, wenn die Kegel fielen, und war guter Dinge. Der Riese hörte den Lärm, streckte seinen Kopf zum Fenster heraus und erblickte einen Menschen, der nicht größer war als andere und doch mit seinen Kegeln spielte. „Würmchen", rief er, „was kegelst du mit meinen Kegeln? Wer hat dir die Stärke dazu gegeben?" Der Königssohn schaute auf, sah den Riesen an und sprach: „O du Klotz, du meinst wohl, du hättest allein starke Arme? Ich kann alles, wozu ich Lust habe."

Der Riese kam herab, sah dem Kegeln ganz verwundert zu und sprach: „Menschenkind, wenn du der Art bist, so geh und hol mir einen Apfel vom Baum des Lebens."

„Was willst du damit?" sprach der Königssohn.

„Ich will den Apfel nicht für mich", antwortete der Riese, „aber ich habe eine Braut, die verlangt danach; ich bin weit in der Welt umhergegangen und kann den Baum nicht finden."

„Ich will ihn schon finden", sagte der Königssohn, „und ich weiß nicht, was mich abhalten soll, den Apfel herunterzuholen."

Der Riese sprach: „Du meinst wohl, das wäre so leicht? Der Garten, worin der Baum steht, ist von einem eisernen Gitter umgeben, und vor dem Gitter liegen wilde Tiere, eins neben dem andern, die halten Wache und lassen keinen Menschen hinein."

„Mich werden sie schon einlassen!" sagte

der Königssohn. „Ja, gelangst du auch in den Garten und siehst den Apfel am Baum hängen, so ist er doch noch nicht dein: es hängt ein Ring davor, durch den muß einer die Hand stecken, wenn er den Apfel erreichen und abbrechen will, und das ist noch keinem geglückt."

„Mir soll's schon glücken", sprach der Königssohn.

Da nahm er Abschied von dem Riesen, ging fort über Berg und Tal, durch Felder und Wälder, bis er endlich den Wundergarten fand. Die Tiere lagen ringsherum, aber sie hatten die Köpfe gesenkt und schliefen. Sie erwachten auch nicht, als er herankam, sondern er trat über sie weg, stieg über das Gitter und kam glücklich in den Garten. Da stand mitteninne der Baum des Lebens, und die roten Äpfel leuchteten an den Ästen. Er kletterte an dem Stamm in die Höhe, und wie er nach einem Apfel reichen wollte, sah er einen Ring davor hängen, aber er steckte seine Hand ohne Mühe hindurch und brach den Apfel. Der Ring schloß sich fest an seinen Arm, und er fühlte, wie auf einmal eine gewaltige Kraft durch seine Adern drang.

Als er mit dem Apfel von dem Baum wieder herabgestiegen war, wollte er nicht über das Gitter klettern, sondern faßte das große Tor und brauchte nur einmal daran zu rütteln, so sprang es mit Krachen auf. Da ging er hinaus, und der Löwe, der davorgelegen hatte, war wach geworden und sprang ihm nach, aber nicht in Wut und Wildheit, sondern er folgte ihm demütig als seinem Herrn.

Der Königssohn brachte dem Riesen den versprochenen Apfel und sprach: „Siehst du, ich habe ihn ohne Mühe geholt." Der Riese war froh, daß sein Wunsch so bald erfüllt war, eilte zu seiner Braut und gab ihr den Apfel, den sie verlangt hatte. Es war eine schöne und kluge Jungfrau, und da sie den Ring nicht an seinem Arm sah, sprach sie: „Ich glaube nicht eher, daß du den Apfel geholt hast, als bis ich den Ring an deinem Arm erblicke."

Der Riese sagte: „Ich brauche nur heimzugehen und ihn zu holen." Und meinte, es wäre ein leichtes, dem schwachen Menschen mit Gewalt wegzunehmen, was er nicht gutwillig geben wollte. Er forderte also den Ring von ihm, aber der Königssohn weigerte sich. „Wo der Apfel ist, muß auch der Ring sein!" sprach der Riese. „Gibst du ihn nicht gutwillig, so mußt du mit mir darum kämpfen."

Sie rangen lange Zeit miteinander, aber der Riese konnte dem Königssohn, den die Zauberkraft des Ringes stärkte, nichts anhaben.

Da sann der Riese auf eine List und sprach: „Mir ist warm geworden bei dem Kampf und dir auch, wir wollen im Flusse baden und uns abkühlen, eh wir wieder anfangen." Der Königssohn, der von Falschheit nichts wußte, ging mit ihm zu dem Wasser, streifte mit seinen Kleidern auch den Ring vom Arm und sprang in den Fluß. Alsbald griff der Riese nach dem Ring und lief damit fort, aber der Löwe, der den Diebstahl bemerkt hatte, setzte dem Riesen nach, riß den Ring ihm aus der Hand und brachte ihn seinem Herrn zurück. Da stellte sich der Riese unter einen Eichbaum, und als der Königssohn beschäftigt war, seine Kleider wieder anzuziehen, überfiel er ihn und stach ihm beide Augen aus.

Nun stand da der arme Königssohn, war blind und wußte sich nicht zu helfen. Da kam der Riese wieder herbei, faßte ihn bei der Hand, wie jemand, der ihn leiten wollte, und führte ihn auf die Spitze eines hohen Felsens. Dann ließ er ihn stehen und dachte: ‚Noch ein paar Schritte weiter, so stürzt er sich tot, und ich kann ihm den Ring abziehen.' Aber der treue Löwe hatte seinen Herrn nicht verlassen, hielt ihn am Kleide fest und zog ihn allmählich wieder zurück.

Als der Riese kam und den Toten berauben

wollte, sah er, daß seine List vergeblich gewesen war. „Ist denn ein so schwaches Menschenkind nicht zu verderben!" sprach er zornig zu sich selbst, faßte den Königssohn und führte ihn auf einem andern Weg nochmals zu dem Abgrund; aber der Löwe, der die böse Absicht bemerkte, half seinem Herrn auch hier aus der Gefahr. Als sie nahe zum Rand gekommen waren, ließ der Riese die Hand des Blinden fahren und wollte ihn allein zurücklassen, aber der Löwe stieß den Riesen, daß er hinabstürzte und zerschmettert auf den Boden fiel.

Das treue Tier zog seinen Herrn wieder von dem Abgrund zurück und leitete ihn zu einem Baum, an dem ein klarer Bach floß. Der Königssohn setzte sich da nieder, der Löwe aber legte sich und spritzte mit seiner Tatze ihm das Wasser ins Antlitz. Kaum hatten ein paar Tröpfchen die Augenhöhlen benetzt, so konnte er wieder etwas sehen und bemerkte ein Vöglein, das flog ganz nah vorbei, stieß sich aber an einem Baumstamm; hierauf ließ es sich in das Wasser hinab und badete sich darin, dann flog es auf, strich, ohne anzustoßen, zwischen den Bäumen hin, als hätte es sein Gesicht wiederbekommen. Da erkannte der Königssohn den Wink Gottes, neigte sich herab zu dem Wasser und wusch und badete sich darin das Gesicht. Und als er sich aufrichtete, hatte er seine Augen wieder so hell und rein, wie sie nie gewesen waren.

Der Königssohn dankte Gott für die große Gnade und zog mit seinem Löwen weiter in der Welt umher. Nun trug es sich zu, daß er vor ein Schloß kam, welches verwünscht war. In dem Tor stand eine Jungfrau von schöner Gestalt und feinem Antlitz, aber sie war ganz schwarz. Sie redete ihn an und sprach: „Ach, könntest du mich erlösen aus dem bösen Zauber, der über mich geworfen ist!“

„Was soll ich tun?“ sprach der Königssohn. Die Jungfrau antwortete: „Drei Nächte mußt du in dem großen Saal des verwünschten Schlosses zubringen, aber es darf keine Furcht in dein Herz kommen. Wenn sie dich auf das ärgste quälen und du hältst es aus, ohne einen Laut von dir zu geben, so bin ich erlöst; das Leben dürfen sie dir nicht nehmen.“ Da sprach der Königssohn: „Ich fürchte mich nicht, ich will's mit Gottes Hilfe versuchen.“

Also ging er fröhlich in das Schloß, und als es dunkel ward, setzte er sich in den großen Saal und wartete. Es war aber still bis Mitternacht; da fing plötzlich ein großer Lärm an, und aus allen Ecken und Winkeln kamen kleine Teufel herbei. Sie taten, als ob sie ihn nicht sähen, setzten sich mitten in die Stube, machten ein Feuer an und fingen an zu spielen. Wenn einer verlor, sprach er: „Es ist nicht richtig, es ist einer da, der nicht zu uns gehört, der ist schuld, daß ich verliere."

„Wart, ich komme, du hinter dem Ofen!" sagte ein anderer.

Das Schreien ward immer größer, so daß es niemand ohne Schrecken hätte anhören können. Der Königssohn blieb ganz ruhig sitzen und hatte keine Furcht; doch endlich sprangen die Teufel von der Erde auf und fielen über ihn her, und es waren so viele, daß er sich ihrer nicht erwehren konnte. Sie zerrten ihn auf dem Boden herum, zwickten, stachen, schlugen und quälten ihn, aber er gab keinen Laut von sich.

Gegen Morgen verschwanden sie, und er war so abgemattet, daß er kaum seine Glieder regen konnte; als aber der Tag anbrach, da trat die schwarze Jungfrau zu ihm herein. Sie trug in ihrer Hand eine kleine Flasche, worin Wasser des Lebens war; damit wusch sie ihn, und alsbald fühlte er, wie alle Schmerzen verschwanden und frische Kraft in seine Adern drang. Sie sprach: „Eine Nacht hast du glücklich ausgehalten, aber noch zwei stehen dir bevor." Da ging sie wieder weg, und im

Weggehen bemerkte er, daß ihre Füße weiß geworden waren.

In der folgenden Nacht kamen die Teufel und fingen ihr Spiel aufs neue an: sie fielen über den Königssohn her und schlugen ihn viel härter als in der vorigen Nacht, daß sein Leib voll Wunden war. Doch da er alles still ertrug, mußten sie von ihm lassen, und als die Morgenröte anbrach, erschien die Jungfrau und heilte ihn mit dem Lebenswasser. Und als sie wegging, sah er mit Freuden, daß sie schon weiß geworden war bis zu den Fingerspitzen.

Nun hatte er nur noch eine Nacht auszuhalten, aber die war die schlimmste. Der Teufelsspuk kam wieder: „Bist du noch da?“ schrien sie. „Du sollst gepeinigt werden, daß dir der Atem stehenbleibt.“ Sie stachen und schlugen ihn, warfen ihn hin und her und zogen ihn an Armen und Beinen, als wollten sie ihn zerreißen; aber er duldete alles und gab keinen Laut von sich.

Endlich verschwanden die Teufel, aber er lag da ohnmächtig und regte sich nicht: er konnte auch nicht die Augen aufheben, um die Jungfrau zu sehen, die hereinkam und ihn mit dem Wasser des Lebens benetzte und begoß. Aber auf einmal war er von allen Schmerzen befreit und fühlte sich frisch und gesund, als wäre er aus einem Schlaf erwacht, und wie er die Augen aufschlug, so sah er die Jungfrau neben sich stehen, die war schneeweiß und schön wie der helle Tag. „Steh auf“, sprach sie, „und schwing dein Schwert dreimal über die Treppe, so ist alles erlöst.“

Und als er das getan hatte, da war das ganze Schloß vom Zauber befreit, und die Jungfrau war eine reiche Königstochter. Die Diener kamen und sagten, im großen Saale wäre die Tafel schon zubereitet und die Speisen aufgetragen. Da setzten sie sich nieder, aßen und tranken zusammen, und abends ward in großen Freuden die Hochzeit gefeiert.

Der Krautesel

Es war einmal ein junger Jäger, der ging in den Wald auf Anstand. Er hatte ein frisches und fröhliches Herz, und als er daherging und auf dem Blatt pfiff, kam ein altes häßliches Mütterchen, das redete ihn an und sprach: „Guten Tag, lieber Jäger, du bist wohl lustig und vergnügt, aber ich leide Hunger und Durst, gib mir doch ein Almosen." Da dauerte den Jäger das arme Mütterchen, daß er in seine Tasche griff und ihr nach seinem Vermögen etwas reichte.

Nun wollte er weitergehen, aber die alte Frau hielt ihn an und sprach: „Höre, lieber Jäger, was ich dir sage: für dein gutes Herz will ich dir ein Geschenk machen; geh nur immer deiner Wege, über ein Weilchen wirst du an einen Baum kommen, darauf sitzen neun Vögel, die haben einen Mantel in den Krallen und raufen sich darum. Da lege du deine Büchse an und schieß mitten drunter. Den Mantel werden sie dir wohl fallen lassen, aber auch einer von den Vögeln wird getroffen sein und tot herabstürzen. Den Mantel nimm mit dir, es ist ein Wunschmantel; wenn du ihn um die Schultern wirfst, brauchst du dich nur an einen Ort zu wünschen, und im Augenblick bist du dort. Aus dem toten Vogel nimm das Herz heraus und verschluck es ganz, dann wirst du allen und jeden Morgen früh beim Aufstehen ein Goldstück unter deinem Kopfkissen finden."

Der Jäger dankte der weisen Frau und dachte bei sich: ‚Schöne Dinge, die sie mir versprochen hat, wenn's nur auch all so einträfe.' Doch, wie er etwa hundert Schritte gegangen war, hörte er über sich in den Ästen ein Geschrei und Gezwitscher, daß er aufschaute: da sah er einen Haufen Vögel, die rissen mit den Schnäbeln und Füßen ein Tuch herum, schrien, zerrten und balgten sich, als wollt's ein jeder allein haben. „Nun", sprach der Jäger, „das ist wunderlich, es kommt ja gerade so, wie das Mütterchen gesagt hat." nahm die Büchse von der Schulter, legte an und tat seinen Schuß mitten hinein, daß die Federn herumflogen.

Alsbald nahm das Getier mit großem Schreien die Flucht, aber einer fiel tot herab, und der Mantel sank ebenfalls herunter. Da tat der Jäger, wie ihm die Alte geheißen hatte, schnitt den Vogel auf, suchte das Herz, schluckte es hinunter und nahm den Mantel mit nach Haus.

Am andern Morgen, als er aufwachte, fiel ihm die Verheißung ein, und er wollte sehen, ob sie auch eingetroffen wäre. Wie er aber sein Kopfkissen in die Höhe hob, da schimmerte ihm das Goldstück entgegen, und am andern Morgen fand er wieder eins, und so weiter jedesmal, wenn er aufstand. Er sammelte sich einen Haufen Gold, endlich aber dachte er: ‚Was hilft mir all mein Gold, wenn ich daheim bleibe? Ich will ausziehen und mich in der Welt umsehen.'

Da nahm er von seinen Eltern Abschied, hing seinen Jägerranzen und seine Flinte um und zog in die Welt. Es trug sich zu, daß er eines Tages durch einen dicken Wald kam, und wie der zu Ende war, lag in der Ebene vor ihm ein ansehnliches Schloß. In einem Fenster desselben stand eine Alte mit einer wunderschönen Jungfrau und schaute herab. Die Alte aber war eine Hexe und sprach zu dem Mädchen: „Dort kommt einer aus dem Wald, der hat einen wunderbaren Schatz im Leib, den müssen wir darum berücken, mein Herzenstöchterchen; uns steht das besser an als ihm. Er hat ein Vogelherz bei sich, deshalb liegt jeden Morgen ein Goldstück unter seinem Kopfkissen." Sie erzählte ihr, wie es damit beschaffen wäre und wie sie darum zu spielen hätte, und zuletzt drohte sie und sprach mit zornigen Augen: „Und wenn du mir nicht gehorchst, so bist du unglücklich."

Als nun der Jäger näher kam, erblickte er das Mädchen und sprach zu sich: „Ich bin nun so lang herumgezogen, ich will einmal ausruhen und in das schöne Schloß einkehren, Geld hab ich ja vollauf." Eigentlich aber war die Ursache, daß er ein Auge auf das schöne Bild geworfen hatte.

Er trat in das Haus ein und ward freundlich empfangen und höflich bewirtet. Es dauerte nicht lange, da war er so in das Hexenmädchen verliebt, daß er an nichts anderes mehr dachte und nur nach ihren Augen sah, und was sie verlangte, das tat er gerne. Da sprach die Alte: „Nun müssen wir das Vogelherz haben, er wird nichts spüren, wenn es ihm fehlt." Sie richteten einen Trank zu, und wie er gekocht war, tat sie ihn in einen Becher und gab ihn dem Mädchen, das mußte ihn dem Jäger reichen. Sprach es: „Nun, mein Liebster, trink mir zu." Da nahm er den Becher, und wie er den Trank geschluckt hatte, brach er das Herz des Vogels aus dem Leibe. Das Mädchen mußte es heimlich fortschaffen und dann selbst verschlucken, denn die Alte wollte es haben.

Von nun an fand er kein Gold mehr unter seinem Kopfkissen, sondern es lag unter dem Kissen des Mädchens, wo es die Alte jeden Morgen holte; aber er war so verliebt und vernarrt, daß er an nichts anderes dachte, als sich mit dem Mädchen die Zeit zu vertreiben.

Da sprach die alte Hexe: „Das Vogelherz haben wir, aber den Wunschmantel müssen wir ihm auch abnehmen." Antwortete das Mädchen: „Den wollen wir ihm lassen, er hat ja doch seinen Reichtum verloren." Da ward die Alte bös und sprach: „So ein Mantel ist ein wunderbares Ding, das selten auf der Welt gefunden wird, den soll und muß ich haben." Sie gab dem Mädchen Anschläge und sagte, wenn es ihr nicht gehorchte, sollte es ihm schlimm ergehen.

Da tat es nach dem Geheiß der Alten, stellte sich einmal ans Fenster und schaute in die weite Gegend, als wäre es ganz traurig. Fragte der Jäger: „Was stehst du so traurig da?"

„Ach, mein Schatz", gab es zur Antwort, „da gegenüber liegt der Granatenberg, wo die köstlichen Edelsteine wachsen. Ich trage so groß Verlangen danach, daß, wenn ich daran denke, ich ganz traurig bin; aber wer kann sie holen! Nur die Vögel, die fliegen, kommen hin, ein Mensch nimmermehr."

„Hast du weiter nichts zu klagen", sagte der Jäger, „den Kummer will ich dir bald vom Herzen nehmen." Damit faßte er sie unter seinen Mantel und wünschte sich hinüber auf den Granatenberg, und im Augenblick saßen sie beide drauf.

Da schimmerte das edle Gestein von allen Seiten, daß es eine Freude war anzusehen, und sie lasen die schönsten und kostbarsten Stücke zusammen. Nun hatte es aber die Alte durch ihre Hexenkunst bewirkt, daß dem Jäger die Augen schwer wurden. Er sprach zu dem Mädchen: „Wir wollen ein wenig niedersitzen und ruhen, ich bin so müde, daß ich mich nicht mehr auf den Füßen halten kann."

Da setzten sie sich, und er legte sein Haupt in ihren Schoß und schlief ein. Wie er entschlafen war, da band es ihm den Mantel von den Schultern und hing ihn sich selbst um, las die Granaten und Steine auf und wünschte sich damit nach Haus.

Als aber der Jäger seinen Schlaf ausgetan hatte und aufwachte, sah er, daß seine Liebste ihn betrogen und auf dem wilden Gebirg allein gelassen hatte. „Oh", sprach er, „wie ist die Untreue so groß auf der Welt!" Saß da in Sorge und Herzeleid und wußte nicht, was er anfangen sollte. Der Berg aber gehörte wilden und ungeheuern Riesen, die darauf wohnten und ihr Wesen trieben, und er saß nicht lange, so sah er ihrer drei daherschreiten. Da legte er sich nieder, als wäre er in tiefen Schlaf versunken. Nun kamen die Riesen herbei, und der erste stieß ihn mit dem Fuß an und sprach: „Was liegt da für ein Erdwurm und beschaut sich inwendig?" Der zweite sprach: „Tritt ihn tot." Der dritte aber sprach verächtlich: „Das wäre der Mühe wert! Laßt ihn nur leben, hier kann er nicht bleiben, und wenn er höher steigt bis auf die Bergspitze, so packen ihn die Wolken und tragen ihn fort."

Unter diesem Gespräch gingen sie vorüber, der Jäger aber hatte auf ihre Worte gemerkt, und sobald sie fort waren, stand er auf und klimmte den Berggipfel hinauf. Als er ein Weilchen da gesessen hatte, so schwebte eine Wolke heran, ergriff ihn, trug ihn fort und zog eine Zeitlang am Himmel her, dann senkte sie sich und ließ sich über einen großen, rings mit Mauern umgebenen Krautgarten nieder, also daß er zwischen Kohl und Gemüsen sanft auf den Boden kam.

Da sah der Jäger sich um und sprach: „Wenn ich nur etwas zu essen hätte, ich bin so hungrig, und mit dem Weiterkommen wird's schwerfallen; aber hier seh' ich keinen Apfel und keine Birne und keinerlei Obst, überall nichts als Krautwerk." Endlich dachte er: ‚Zur Not kann ich von dem Salat essen, der schmeckt nicht sonderlich, wird mich aber erfrischen.' Also suchte er sich ein schönes Haupt aus und aß davon, aber kaum hatte er ein paar Bissen hinabgeschluckt, so war ihm so wunderlich zumute, und er fühlte sich ganz verändert.

Es wuchsen ihm vier Beine, ein dicker Kopf und zwei lange Ohren, und er sah mit Schrekken, daß er in einen Esel verwandelt war. Doch weil er dabei immer noch großen Hunger spürte und ihm der saftige Salat nach seiner jetzigen Natur gut schmeckte, so aß er mit großer Gier immerzu. Endlich gelangte er an eine andere Art Salat, aber kaum hatte er etwas davon verschluckt, so fühlte er aufs neue eine Veränderung und kehrte in seine menschliche Gestalt zurück.

Nun legte sich der Jäger nieder und schlief seine Müdigkeit aus. Als er am andern Morgen erwachte, brach er ein Haupt von dem bösen und eins von dem guten Salat ab und dachte: ‚Das soll mir zu dem meinigen wieder helfen und die Treulosigkeit bestrafen.' Dann steckte er die Häupter zu sich, kletterte über die Mauer und ging fort, das Schloß seiner Liebsten zu suchen. Als er ein paar Tage herumgestrichen war, fand er es glücklicherweise wieder. Da bräunte er sich schnell sein Gesicht, daß ihn seine eigene Mutter nicht erkannt hätte, ging in das Schloß und bat um eine Herberge. „Ich bin so müde", sprach er, „und kann nicht weiter." Fragte die Hexe: „Landsmann, wer seid Ihr, und was ist Euer Geschäft?" Er antwortete: „Ich bin ein Bote des Königs und war ausgeschickt, den köstlichsten Salat zu suchen, der unter der Sonne wächst. Ich bin auch so glücklich gewesen, ihn zu finden, und trage ihn bei mir, aber die Sonnenhitze brennt gar zu stark, daß mir das zarte Kraut zu welken droht und ich nicht weiß, ob ich es weiterbringen werde."

Als die Alte von dem köstlichen Salat hörte, ward sie lüstern und sprach: „Lieber Landsmann, laßt mich doch den wunderbaren Salat versuchen."

„Warum nicht?" antwortete er. „Ich habe zwei Häupter mitgebracht und will Euch eins geben." Machte seinen Sack auf und reichte ihr das böse hin. Die Hexe dachte an nichts Arges, und der Mund wässerte ihr so sehr nach dem neuen Gericht, daß sie selbst in die Küche ging und es zubereitete. Als es fertig war, konnte sie nicht warten, bis es auf dem Tisch stand, sondern sie nahm gleich ein paar Blätter und steckte sie in den Mund; kaum aber waren sie verschluckt, so war auch die menschliche Gestalt verloren, und sie lief als eine Eselin hinab in den Hof.

Nun kam die Magd in die Küche, sah den fertigen Salat stehen und wollte ihn auftragen, unterwegs aber überfiel sie, nach alter Gewohnheit, die Lust zu versuchen, und sie aß ein paar Blätter. Alsbald zeigte sich die Wunderkraft, und sie ward ebenfalls zu einer Eselin und lief hinaus zu der Alten, und die Schüssel mit Salat fiel auf die Erde. Der Bote saß in der Zeit bei dem schönen Mädchen, und als niemand mit dem Salat kam und es doch auch lüstern danach war, sprach es: „Ich weiß nicht, wo der Salat bleibt."

Da dachte der Jäger: ‚Das Kraut wird schon gewirkt haben!' und sprach: „Ich will nach der Küche gehen und mich erkundigen." Wie er hinabkam, sah er die zwei Eselinnen im Hof herumlaufen, der Salat aber lag auf der Erde. „Schon recht", sprach er, „die zwei haben ihr Teil weg!" und hob die übrigen Blätter auf, legte sie auf die Schüssel und brachte sie dem Mädchen. „Ich bring Euch selbst das köstliche Essen", sprach er, „damit Ihr nicht länger zu warten braucht." Da aß sie davon und war alsbald wie die übrigen ihrer menschlichen Gestalt beraubt und lief als eine Eselin in den Hof.

Nachdem sich der Jäger sein Angesicht gewaschen hatte, also daß ihn die Verwandelten erkennen konnten, ging er hinab in den Hof und sprach: „Jetzt sollt ihr den Lohn für eure Untreue empfangen." Er band sie alle drei an ein Seil und trieb sie fort, bis er zu einer Mühle kam. Er klopfte an das Fenster, der Müller steckte den Kopf heraus und fragte, was sein Begehren wäre. „Ich habe drei böse Tiere", antwortete er, „die ich nicht länger behalten mag. Wollt Ihr sie bei Euch nehmen, Futter und Lager geben und sie halten, wie ich Euch sage, so zahl ich dafür, was Ihr verlangt." Sprach der Müller: „Warum das nicht? Wie soll ich sie aber halten?"

Da sagte der Jäger, der alten Eselin, und das war die Hexe, sollte er täglich dreimal Schläge und einmal zu fressen geben; der jüngeren, welche die Magd war, einmal Schläge und dreimal Futter; und der jüngsten, welche das Mädchen war, keinmal Schläge und dreimal zu fressen; denn er konnte es doch nicht über das Herz bringen, daß das Mädchen sollte geschlagen werden. Darauf ging er zurück in das Schloß, und was er nötig hatte, das fand er alles darin.

Nach ein paar Tagen kam der Müller und sprach, er müßte melden, daß die alte Eselin, die nur Schläge bekommen hätte und nur einmal zu fressen, gestorben wäre. „Die zwei andern", sagte er weiter, „sind zwar nicht gestorben und kriegen auch dreimal zu fressen, aber sie sind so traurig, daß es nicht lange mit ihnen dauern kann." Da erbarmte sich der Jäger, ließ den Zorn fahren und sprach zum Müller, er sollte sie wieder hertreiben. Und wie sie kamen, gab er ihnen von dem guten Salat zu fressen, daß sie wieder zu Menschen wurden.

Da fiel das schöne Mädchen vor ihm auf die Knie und sprach: „Ach, mein Liebster, verzeiht mir, was ich Böses an Euch getan, meine Mutter hatte mich dazu gezwungen; es ist gegen meinen Willen geschehen, denn ich habe Euch von Herzen lieb. Euer Wunschmantel hängt in einem Schrank, und für das Vogelherz will ich einen Brechtrunk einnehmen." Da ward er anderen Sinnes und sprach: „Behalt es nur, es ist doch einerlei, denn ich will dich zu meiner treuen Ehegemahlin annehmen." Und da ward Hochzeit gehalten, und sie lebten vergnügt miteinander bis an ihren Tod.

Der Eisenofen

Zur Zeit, als das Wünschen noch geholfen hat, ward ein Königssohn von einer alten Hexe verwünscht, daß er im Walde in einem großen Eisenofen sitzen sollte. Da brachte er viele Jahre zu, und konnte ihn niemand erlösen. Einmal kam eine Königstochter in den Wald, die hatte sich irre gegangen und konnte ihres Vaters Reich nicht wiederfinden; neun Tage war sie so herumgegangen und stand zuletzt vor dem eisernen Kasten. Da kam eine Stimme heraus und fragte sie: „Wo kommst du her, und wo willst du hin?" Sie antwortete: „Ich habe meines Vaters Königreich verloren und kann nicht wieder nach Haus kommen."

Da sprach's aus dem Eisenofen: „Ich will dir wieder nach Hause verhelfen, und zwar in einer kurzen Zeit, wenn du willst unterschreiben, zu tun, was ich verlange. Ich bin ein größerer Königssohn als du eine Königstochter und will dich heiraten."

Da erschrak sie und dachte: ‚Lieber Gott,

was soll ich mit dem Eisenofen anfangen!' Weil sie aber gerne wieder zu ihrem Vater heim wollte, unterschrieb sie sich doch, zu tun, was er verlangte. Er sprach aber: „Du sollst wiederkommen, ein Messer mitbringen und ein Loch in das Eisen schrappen." Dann gab er ihr jemand zum Gefährten, der ging nebenher und sprach nicht: er brachte sie aber in zwei Stunden nach Haus. Nun war große Freude im Schloß, als die Königstochter wiederkam, und der alte König fiel ihr um den Hals und küßte sie. Sie war aber sehr betrübt und sprach: „Lieber Vater, wie mir's gegangen hat! Ich wäre nicht wieder nach Haus gekommen aus dem großen wilden Walde, wenn ich nicht wäre bei einen eisernen Ofen gekommen, dem habe ich mich müssen dafür unterschreiben, daß ich wollte wieder zu ihm zurückkehren, ihn erlösen und heiraten."

Da erschrak der alte König so sehr, daß er beinahe in eine Ohnmacht gefallen wäre, denn er hatte nur die einzige Tochter. Beratschlagten sie also, sie wollten die Müllerstochter, die schön wäre, an ihre Stelle nehmen; führten die hinaus, gaben ihr ein Messer und sagten, sie sollte an dem Eisenofen schaben. Sie schrappte auch vierundzwanzig Stunden lang, konnte aber nicht das geringste herabbringen. Wie nun der Tag anbrach, rief's in dem Eisenofen: „Mich deucht, es ist Tag draußen." Da antwortete sie: „Das deucht mich auch, ich meine, ich höre meines Vaters Mühle rappeln."

„So bist du eine Müllerstochter, dann geh gleich hinaus und laß die Königstochter herkommen." Da ging sie hin und sagte dem alten König, der draußen wollte sie nicht, er wollte seine Tochter. Da erschrak der alte König, und die Tochter weinte. Sie hatten aber noch eine Schweinehirtentochter, die war noch schöner als die Müllerstochter, der wollten sie ein Stück Geld geben, damit sie für die Königstochter zum eisernen Ofen ginge. Also ward sie hinausgebracht und mußte auch vierundzwanzig Stunden lang schrappen; sie brachte aber nichts davon. Wie nun der Tag anbrach, rief's im Ofen: „Mich deucht, es ist Tag draußen." Da antwortete sie: „Das deucht mich auch, ich meine, ich höre meines Vaters Hörnchen tüten."

„So bist du eine Schweinehirtentochter, geh gleich fort und laß die Königstochter kommen; und sag ihr, es sollt ihr widerfahren, was ich ihr versprochen hätte, und wenn sie nicht käme, sollte im ganzen Reich alles zerfallen und einstürzen und kein Stein auf dem andern bleiben."

Als die Königstochter das hörte, fing sie an zu weinen; es war aber nun nicht anders, sie mußte ihr Versprechen halten. Da nahm sie Abschied von ihrem Vater, steckte ein Messer ein und ging zu dem Eisenofen in den Wald hinaus. Wie sie nun angekommen war, hub sie an zu schrappen, und das Eisen gab nach, und wie zwei Stunden vorbei waren, hatte sie schon ein kleines Loch geschabt. Da guckte sie hinein und sah einen so schönen Jüngling, ach, der glimmerte in Gold und Edelsteinen, daß er ihr recht in der Seele gefiel. Nun da schrappte sie noch weiter fort und machte das Loch so groß, daß er heraus konnte. Da sprach er: „Du bist mein, und ich bin dein, du bist meine Braut und hast mich erlöst." Er wollte sie mit sich in sein Reich führen, aber sie bat sich aus, daß sie noch einmal dürfte zu ihrem Vater gehen, und der Königssohn erlaubte es ihr, doch sollte sie nicht mehr mit ihrem Vater sprechen als drei Worte, und dann sollte sie wiederkommen. Also ging sie heim, sie sprach aber mehr als drei Worte; da verschwand alsbald der Eisenofen und ward weit weggerückt über gläserne Berge und schneidende Schwerter; doch der Königssohn war erlöst und nicht mehr darin eingeschlossen. Danach nahm sie Abschied von ihrem Vater und nahm etwas Geld mit, aber nicht viel, ging wieder in den großen Wald und suchte den Eisenofen, allein der war nicht zu finden. Neun Tage suchte sie; da ward ihr Hunger so groß, daß sie sich nicht zu helfen wußte, denn sie hatte nichts mehr zu leben. Und als es Abend ward, setzte sie sich auf einen kleinen Baum und gedachte, darauf die Nacht hinzubringen, weil sie sich vor den wilden Tieren fürchtete. Als nun Mitternacht herankam, sah sie von fern ein kleines Lichtchen und dachte: ‚Ach, da wär ich wohl erlöst.' Stieg vom Baum und ging dem Lichtchen nach, auf dem Weg aber betete sie. Da kam sie zu einem kleinen alten Häuschen, und war viel Gras darum gewachsen, und stand ein kleines Häufchen Holz davor. Dachte sie: ‚Ach, wo kommst du hier hin!' Guckte durchs Fenster hinein, so sah sie nichts darin als dicke und kleine Itschen (Kröten), aber einen Tisch, schön gedeckt mit Wein und Braten, und Teller und Becher waren von Silber. Da nahm sie sich das Herz und klopfte an. Alsbald rief die Dicke:

„Jungfer grün und klein,
Hutzelbein,
Hutzelbeins Hündchen,
hutzel hin und her,
laß geschwind sehen, wer draußen wär."

Da kam eine kleine Itsche herbeigegangen und machte ihr auf. Als sie eintrat, hießen alle sie willkommen, und sie mußte sich setzen. Sie fragten: „Wo kommt Ihr her? Wo wollt Ihr hin?“ Da erzählte sie alles, wie es ihr ergangen wäre, und weil sie das Gebot übertreten hätte, nicht mehr als drei Worte zu sprechen, wäre der Ofen weg samt dem Königssohn; nun wollte sie so lange suchen und über Berg und Tal wandern, bis sie ihn fände. Da sprach die alte Dicke:

„Jungfer grün und klein,
Hutzelbein,
Hutzelbeins Hündchen,
hutzel hin und her,
bring mir die große Schachtel her.“

Da ging die Kleine hin und brachte die Schachtel herbeigetragen. Hernach gaben sie ihr Essen und Trinken und brachten sie zu einem schönen gemachten Bett, das war wie Seide und Sammet, da legte sie sich hinein und schlief in Gottes Namen. Als der Tag kam, stieg sie auf, und gab ihr die alte Itsche drei Nadeln aus der großen Schachtel, die sollte sie mitnehmen; sie würden ihr nötig tun, denn sie müßte über einen hohen gläsernen Berg und über drei schneidende Schwerter und über ein großes Wasser: wenn sie das durchsetzte, würde sie ihren Liebsten wiederkriegen. Nun gab sie hiermit drei Teile (Stücke), die sollte sie recht in acht nehmen, nämlich drei große Nadeln, ein Pflugrad und drei Nüsse. Hiermit reiste sie ab, und wie sie vor den gläsernen Berg kam, der so glatt war, steckte sie die drei Nadeln als hinter die Füße und dann wieder vorwärts und gelangte so hinüber, und als sie hinüber war, steckte sie sie an einen Ort, den sie wohl in acht nahm.

Danach kam sie vor die drei schneidenden Schwerter; da stellte sie sich auf ihr Pflugrad und rollte hinüber. Endlich kam sie vor ein großes Wasser, und wie sie übergefahren war, in ein großes schönes Schloß. Sie ging hinein und hielt um einen Dienst an, sie wär eine arme Magd und wollte sich gerne vermieten; sie wußte aber, daß der Königssohn drinne war, den sie erlöst hatte aus dem eisernen Ofen im großen Wald.

Also ward sie angenommen zum Küchenmädchen für geringen Lohn. Nun hatte der Königssohn schon wieder eine andere an der Seite, die wollte er heiraten, denn er dachte, sie wäre längst gestorben. Abends, wie sie aufgewaschen hatte und fertig war, fühlte sie in die Tasche und fand die drei Nüsse, welche ihr die alte Itsche gegeben hatte. Biß eine auf und wollte den Kern essen, siehe, da war ein stolzes königliches Kleid drin. Wie's nun die

Braut hörte, kam sie und hielt um das Kleid an und wollte es kaufen und sagte, es wäre kein Kleid für eine Dienstmagd. Da sprach sie, nein, sie wollt's nicht verkaufen, doch wann sie ihr einerlei (ein Ding) wollte erlauben, so sollte sie's haben, nämlich eine Nacht in der Kammer ihres Bräutigams zu schlafen. Die Braut erlaubte es ihr, weil das Kleid so schön war und sie noch keins so hatte. Wie's nun Abend war, sagte sie zu ihrem Bräutigam: „Das närrische Mädchen will in deiner Kammer schlafen."

„Wenn du's zufrieden bist, bin ich's auch!" sprach er. Sie gab aber dem Mann ein Glas Wein, in das sie einen Schlaftrunk getan hatte. Also gingen beide in die Kammer schlafen, und er schlief so fest, daß sie ihn nicht erwecken konnte. Sie weinte die ganze Nacht und rief: „Ich habe dich erlöst aus dem wilden Wald und aus einem eisernen Ofen, ich habe dich gesucht und bin gegangen über einen gläsernen Berg, über drei schneidende Schwerter und über ein großes Wasser, ehe ich dich gefunden habe, und willst mich doch nicht hören."

Die Bedienten saßen vor der Stubentüre und hörten, wie sie so die ganze Nacht weinte, und sagten's am Morgen ihrem Herrn. Und wie sie am andern Abend aufgewaschen hatte, biß sie die zweite Nuß auf, da war noch ein weit schöneres Kleid drin; wie das die Braut sah, wollte sie es auch kaufen. Aber Geld wollte das Mädchen nicht und bat sich aus, daß es noch einmal in der Kammer des Bräutigams schlafen dürfte. Die Braut gab ihm aber einen Schlaftrunk, und er schlief so fest, daß er nichts hören konnte.

Das Küchenmädchen weinte aber die ganze Nacht und rief: „Ich habe dich erlöst aus einem Walde und aus einem eisernen Ofen, ich habe dich gesucht und bin gegangen über einen gläsernen Berg, über drei schneidende Schwerter und über ein großes Wasser, ehe ich dich gefunden habe, und du willst mich doch nicht hören." Die Bedienten saßen vor der Stubentüre und hörten, wie sie so die ganze Nacht weinte, und sagten's am Morgen ihrem Herrn. Und als sie am dritten Abend aufgewaschen hatte, biß sie die dritte Nuß auf, da war ein noch schöneres Kleid drin, das starrte von purem Gold. Wie die Braut das sah, wollte sie es haben, das Mädchen aber gab es nur hin, wenn es zum drittenmal dürfte in der Kammer des Bräutigams schlafen. Der Königssohn aber hütete sich und ließ den Schlaftrunk vorbeilaufen.

Wie sie nun anfing zu weinen und zu rufen: „Liebster Schatz, ich habe dich erlöst aus dem grausamen wilden Walde und aus einem eisernen Ofen." So sprang der Königssohn auf und sprach: „Du bist die Rechte, du bist mein, und ich bin dein."

Darauf setzte er sich noch in der Nacht mit ihr in einen Wagen, und der falschen Braut nahmen sie die Kleider weg, daß sie nicht aufstehen konnte. Als sie zu dem großen Wasser kamen, da schifften sie hinüber, und vor den drei schneidenden Schwertern, da setzten sie sich aufs Pflugrad, und vor dem gläsernen Berg, da steckten sie die drei Nadeln hinein. So gelangten sie endlich zu dem alten kleinen Häuschen, aber als sie hineintraten, war's ein großes Schloß; die Itschen waren alle erlöst und lauter Königskinder und waren in voller Freude. Da ward Vermählung gehalten, und sie blieben in dem Schloß, das war viel größer als ihres Vaters Schloß. Weil aber der Alte jammerte, daß er allein bleiben sollte, so fuhren sie weg und holten ihn zu sich und hatten zwei Königreiche und lebten in gutem Ehestand.

Da kam eine Maus,
Das Märchen war aus.

Rätselmärchen

Drei Frauen waren verwandelt in Blumen, die auf dem Felde standen, doch deren eine durfte des Nachts in ihrem Hause sein. Da sprach sie auf eine Zeit zu ihrem Mann, als sich der Tag nahete und sie wiederum zu ihren Gespielen auf das Feld gehen und eine Blume werden mußte: „So du heute vormittag kommst und mich abbrichst, werde ich erlöst und fürder bei dir bleiben." Als dann auch geschah. Nun ist die Frage, wie sie ihr Mann erkannt habe, so die Blumen ganz gleich und ohne Unterschied waren. Antwort: „Dieweil sie die Nacht in ihrem Haus und nicht auf dem Feld war, fiel der Tau nicht auf sie wie auf die andern zwei, dabei sie der Mann erkannte."

Das Waldhaus

Ein armer Holzhauer lebte mit seiner Frau und drei Töchtern in einer kleinen Hütte an dem Rande eines einsamen Waldes. Eines Morgens, als er wieder an seine Arbeit wollte, sagte er zu seiner Frau: „Laß mir mein Mittagsbrot von dem ältesten Mädchen hinaus in den Wald bringen, ich werde sonst nicht fertig. Und damit es sich nicht verirrt“, setzte er hinzu, „so will ich einen Beutel mit Hirse mitnehmen und die Körner auf den Weg streuen.“ Als nun die Sonne mitten über dem Walde stand, machte sich das Mädchen mit einem Topf voll Suppe auf den Weg. Aber die Feld- und Waldsperlinge, die Lerchen und Finken, Amseln und Zeisige hatten die Hirse schon längst aufgepickt, und das Mädchen konnte die Spur nicht finden. Da ging es auf gut Glück immer fort, bis die Sonne sank und die Nacht einbrach. Die Bäume rauschten in der Dunkelheit, die Eulen schnarrten, und es fing an, ihm angst zu werden. Da erblickte es in der Ferne ein Licht, das zwischen den

Bäumen blinkte. ‚Dort sollten wohl Leute wohnen', dachte es, ‚die mich über Nacht behalten', und ging auf das Licht zu. Nicht lange, so kam es an ein Haus, dessen Fenster erleuchtet waren. Es klopfte an, und eine rauhe Stimme rief von innen: „Herein." Das Mädchen trat auf die dunkle Diele und pochte an der Stubentür. „Nur herein!" rief die Stimme, und als es öffnete, saß da ein alter, eisgrauer Mann an dem Tisch, hatte das Gesicht auf die beiden Hände gestützt, und sein weißer Bart floß über den Tisch hinab fast bis auf die Erde. Am Ofen aber lagen drei Tiere, ein Hühnchen, ein Hähnchen und eine buntgescheckte Kuh.

Das Mädchen erzählte dem Alten sein Schicksal und bat um ein Nachtlager Der Mann sprach:

„Schön Hühnchen,
schön Hähnchen,
und du, schöne bunte Kuh,
was sagst du dazu?"

„Duks!" antworteten die Tiere; und das mußte wohl heißen: „Wir sind es zufrieden." Denn der Alte sprach weiter: „Hier ist Hülle und Fülle, geh hinaus an den Herd und koch uns ein Abendessen." Das Mädchen fand in der Küche Überfluß an allem und kochte eine gute Speise, aber an die Tiere dachte es nicht.

Es trug die volle Schüssel auf den Tisch, setzte sich zu dem grauen Mann, aß und stillte seinen Hunger. Als es satt war, sprach es: „Aber jetzt bin ich müde, wo ist ein Bett, in das ich mich legen und schlafen kann?“ Die Tiere antworteten:

„Du hast mit ihm gegessen,
du hast mit ihm getrunken,
du hast an uns gar nicht gedacht,
nun sieh auch, wo du bleibst die Nacht.“

Da sprach der Alte: „Steig nur die Treppe hinauf, so wirst du eine Kammer mit zwei Betten finden, schüttle sie auf und decke sie mit weißem Linnen, so will ich auch kommen und mich schlafen legen.“

Das Mädchen stieg hinauf, und als es die Betten geschüttelt und frisch gedeckt hatte, legte es sich in das eine, ohne weiter auf den Alten zu warten. Nach einiger Zeit aber kam der graue Mann, beleuchtete das Mädchen mit dem Licht und schüttelte mit dem Kopf. Und als er sah, daß es fest eingeschlafen war, öffnete er eine Falltüre und ließ es in den Keller sinken.

Der Holzhauer kam am späten Abend nach Haus und machte seiner Frau Vorwürfe, daß sie ihn den ganzen Tag habe hungern lassen. „Ich habe keine Schuld“, antwortete sie, „das Mädchen ist mit dem Mittagessen hinausgegangen, es muß sich verirrt haben; morgen wird es schon wiederkommen."

Vor Tag aber stand der Holzhauer auf, wollte in den Wald und verlangte, die zweite Tochter sollte ihm diesmal das Essen bringen. „Ich will einen Beutel mit Linsen mitnehmen", sagte er, „die Körner sind größer als Hirse, das Mädchen wird sie besser sehen und kann den Weg nicht verfehlen."

Zur Mittagszeit trug auch das Mädchen die Speise hinaus, aber die Linsen waren verschwunden: die Waldvögel hatten sie wie am vorigen Tag aufgepickt und keine übriggelassen.

Das Mädchen irrte im Walde umher, bis es Nacht ward; da kam es ebenfalls zu dem Haus des Alten, ward hereingerufen und bat um Speise und Nachtlager. Der Mann mit dem weißen Barte fragte wieder die Tiere:

„Schön Hühnchen,
schön Hähnchen,
und du, schöne bunte Kuh,
was sagst du dazu?"

Die Tiere antworteten abermals: „Duks!" und es geschah alles wie am vorigen Tag.

Das Mädchen kochte eine gute Speise, aß und trank mit dem Alten und kümmerte sich nicht um die Tiere. Und als es sich nach seinem Nachtlager erkundigte, antworteten sie:

„Du hast mit ihm gegessen,
du hast mit ihm getrunken,
du hast an uns gar nicht gedacht,
nun sieh auch, wo du bleibst die Nacht."

Als es eingeschlafen war, kam der Alte, betrachtete es mit Kopfschütteln und ließ es in den Keller hinab.

Am dritten Morgen sprach der Holzhacker zu seiner Frau: „Schicke mir heute unser jüngstes Kind mit dem Essen hinaus, das ist immer gut und gehorsam gewesen, das wird auf dem rechten Weg bleiben und nicht wie seine Schwestern, die wilden Hummeln, herumschwärmen." Die Mutter wollte nicht und sprach: „Soll ich mein liebstes Kind auch noch verlieren?"

„Sei ohne Sorge", antwortete er, „das Mädchen verirrt sich nicht, es ist zu klug und verständig; zum Überfluß will ich Erbsen mitnehmen und ausstreuen, die sind noch größer als Linsen und werden ihm den Weg zeigen."

Aber als das Mädchen mit dem Korb am Arm hinauskam, so hatten die Waldtauben die Erbsen schon im Kropf, und es wußte nicht, wohin es sich wenden sollte. Es war voll Sorgen und dachte beständig daran, wie der arme Vater hungern und die gute Mutter jammern würde, wenn es ausbliebe.

Endlich, als es finster ward, erblickte es das Lichtchen und kam an das Waldhaus. Es bat ganz freundlich, sie möchten es über Nacht beherbergen, und der Mann mit dem weißen Bart fragte wieder seine Tiere:

„Schön Hühnchen,
schön Hähnchen,
und du, schöne bunte Kuh,
was sagst du dazu?"

„Duks!" sagten sie. Da trat das Mädchen an den Ofen, wo die Tiere lagen, und liebkoste Hühnchen und Hähnchen, indem es mit der Hand über die glatten Federn hinstrich, und die bunte Kuh kraulte es zwischen den Hörnern.

Und als es auf Geheiß des Alten eine gute Suppe bereitet hatte und die Schüssel auf dem Tisch stand, so sprach es: „Soll ich mich sättigen, und die guten Tiere sollen nichts haben? Draußen ist die Hülle und Fülle, erst will ich für sie sorgen." Da ging es, holte Gerste und streute sie dem Hühnchen und Hähnchen vor und brachte der Kuh wohlriechendes Heu, einen ganzen Arm voll. „Laßt's euch schmecken, ihr lieben Tiere", sagte es, „und wenn ihr durstig seid, sollt ihr auch einen frischen Trunk haben."

Dann trug es einen Eimer voll Wasser herein, und Hühnchen und Hähnchen sprangen auf den Rand, steckten den Schnabel hinein und hielten den Kopf dann in die Höhe, wie die Vögel trinken, und die bunte Kuh tat auch einen herzhaften Zug. Als die Tiere gefüttert waren, setzte sich das Mädchen zu dem Alten an den Tisch und aß, was er ihm übriggelassen hatte.

Nicht lange, so fing Hühnchen und Hähnchen an, das Köpfchen zwischen die Flügel zu stecken, und die bunte Kuh blinzelte mit den Augen. Da sprach das Mädchen: „Sollen wir uns nicht zur Ruhe begeben?

Schön Hühnchen,
schön Hähnchen,
und du, schöne bunte Kuh,
was sagst du dazu?“

Die Tiere antworteten: „Duks,

du hast mit uns gegessen,
du hast mit uns getrunken,
du hast uns alle wohl bedacht,
wir wünschen dir eine gute Nacht.“

Da ging das Mädchen die Treppe hinauf, schüttelte die Federkissen und deckte frisches Linnen auf, und als es fertig war, kam der Alte und legte sich in das eine Bett, und sein weißer Bart reichte ihm bis an die Füße. Das Mädchen legte sich in das andere, tat sein Gebet und schlief ein.

Es schlief ruhig bis Mitternacht; da ward es

so unruhig in dem Hause, daß das Mädchen erwachte. Da fing es an, in den Ecken zu knittern und zu knattern, und die Türe sprang auf und schlug an die Wand; die Balken dröhnten, als wenn sie aus den Fugen gerissen würden, und es war, als wenn die Treppe herabstürzte, und endlich krachte es, als wenn das ganze Dach zusammenfiele. Da es aber wieder still ward und dem Mädchen nichts zuleid geschah, so blieb es ruhig liegen und schlief wieder ein.

Als es aber am Morgen bei hellem Sonnenschein aufwachte, was erblickten seine Augen? Es lag in einem großen Saal, und ringsumher glänzte alles in königlicher Pracht: an den Wänden wuchsen auf grünseidenem Grund goldene Blumen in die Höhe, das Bett war von Elfenbein und die Decke darauf von rotem Samt, und auf einem Stuhl daneben standen ein Paar mit Perlen bestickte Pantoffel.

Das Mädchen glaubte, es wäre ein Traum, aber es traten drei reichgekleidete Diener herein und fragten, was es zu befehlen hätte. „Geht nur“, antwortete das Mädchen, „ich will gleich aufstehen und dem Alten eine Suppe kochen und dann auch schön Hühnchen, schön Hähnchen und die schöne bunte Kuh füttern.“ Es dachte, der Alte wäre schon aufgestanden, und sah sich nach seinem Bette um, aber er lag nicht darin, sondern ein fremder Mann.

Und als es ihn betrachtete und sah, daß er jung und schön war, erwachte er, richtete sich auf und sprach: „Ich bin ein Königssohn und war von einer bösen Hexe verwünscht worden, als ein alter, eisgrauer Mann in dem Wald zu leben; niemand durfte um mich sein als meine drei Diener in der Gestalt eines Hühnchens, eines Hähnchens und einer bunten Kuh.

Und nicht eher sollte die Verwünschung aufhören, als bis ein Mädchen zu uns käme, so gut von Herzen, daß es nicht gegen die Menschen allein, sondern auch gegen die Tiere sich liebreich bezeigte, und das bist du gewesen, und heute um Mitternacht sind wir durch dich erlöst, und das alte Waldhaus ist wieder in meinen königlichen Palast verwandelt worden."

Und als sie aufgestanden waren, sagte der Königssohn den drei Dienern, sie sollten hinfahren und Vater und Mutter des Mädchens zur Hochzeitsfeier herbeiholen.

„Aber wo sind meine zwei Schwestern?" fragte das Mädchen.

„Die habe ich in den Keller gesperrt, und morgen sollen sie in den Wald geführt werden und sollen bei einem Köhler so lange als Mägde dienen, bis sie sich gebessert haben und auch die armen Tiere nicht hungern lassen."

Jungfrau Maleen

Es war einmal ein König, der hatte einen Sohn, der warb um die Tochter eines mächtigen Königs, die hieß Jungfrau Maleen und war wunderschön. Weil ihr Vater sie einem andern geben wollte, so ward sie ihm versagt. Da sich aber beide von Herzen liebten, so wollten sie nicht voneinander lassen, und die Jungfrau Maleen sprach zu ihrem Vater: „Ich kann und will keinen andern zu meinem Gemahl nehmen." Da geriet der Vater in Zorn und ließ einen finsteren Turm bauen, in den kein Strahl von Sonne oder Mond fiel. Als er fertig war, sprach er: „Darin sollst du sieben Jahre lang sitzen, dann will ich kommen und sehen, ob dein trotziger Sinn gebrochen ist."

Für die sieben Jahre ward Speise und Trank in den Turm getragen, dann wurden sie und ihre Kammerjungfer hineingeführt und eingemauert und also von Himmel und Erde geschieden. Da saßen sie in der Finsternis, wußten nicht, wann Tag oder Nacht anbrach.

Der Königssohn ging oft um den Turm

herum und rief ihren Namen, aber kein Laut drang von außen durch die dicken Mauern. Was konnten sie anders tun als jammern und klagen?

Indessen ging die Zeit dahin, und an der Abnahme von Speise und Trank merkten sie, daß die sieben Jahre ihrem Ende sich näherten. Sie dachten, der Augenblick ihrer Erlösung wäre gekommen, aber kein Hammerschlag ließ sich hören, und kein Stein wollte aus der Mauer fallen: es schien, als ob ihr Vater sie vergessen hätte. Als sie nur noch für kurze Zeit Nahrung hatten und einen jämmerlichen Tod voraussahen, da sprach die Jungfrau Maleen: „Wir müssen das Letzte versuchen und sehen, ob wir die Mauer durchbrechen."

Sie nahm das Brotmesser, grub und bohrte an dem Mörtel eines Steins, und wenn sie müd war, so löste sie die Kammerjungfer ab. Nach langer Arbeit gelang es ihnen, einen Stein herauszunehmen, dann einen zweiten und dritten, und nach drei Tagen fiel der erste Lichtstrahl in ihre Dunkelheit, und endlich war die Öffnung so groß, daß sie hinausschauen konnten.

Der Himmel war blau, und eine frische Luft wehte ihnen entgegen; aber wie traurig sah ringsumher alles aus: das Schloß ihres

Vaters lag in Trümmern, die Stadt und die Dörfer waren, so weit man sehen konnte, verbrannt, die Felder weit und breit verheert; keine Menschenseele ließ sich erblicken. Als die Öffnung in der Mauer so groß war, daß sie hindurchschlüpfen konnten, so sprang zuerst die Kammerjungfer herab, und dann folgte die Jungfrau Maleen. Aber wo sollten sie sich hinwenden?

Die Feinde hatten das ganze Reich verwüstet, den König verjagt und alle Einwohner erschlagen. Sie wanderten fort, um ein anderes Land zu suchen, aber sie fanden nirgend ein Obdach oder einen Menschen, der ihnen einen Bissen Brot gab, und ihre Not war so groß, daß sie ihren Hunger an einem Brennsselstrauch stillen mußten.

Als sie nach langer Wanderung in ein anderes Land kamen, boten sie überall ihre Dienste an; aber wo sie anklopften, wurden sie abgewiesen, und niemand wollte sich ihrer erbarmen. Endlich gelangten sie in eine große Stadt und gingen nach dem königlichen Hof. Aber auch da hieß man sie weitergehen, bis endlich der Koch sagte, sie könnten in der Küche bleiben und als Aschenputtel dienen.

Der Sohn des Königs, in dessen Reich sie sich befanden, war aber gerade der Verlobte der Jungfrau Maleen gewesen. Der Vater hatte ihm eine andere Braut bestimmt, die ebenso häßlich von Angesicht als bös von Herzen war. Die Hochzeit war festgesetzt und die Braut schon angelangt; bei ihrer großen Häßlichkeit aber ließ sie sich von niemand sehen und schloß sich in ihre Kammer ein, und die Jungfrau Maleen mußte ihr das Essen aus der Küche bringen.

Als der Tag herankam, wo die Braut mit dem Bräutigam in die Kirche gehen sollte, so schämte sie sich ihrer Häßlichkeit und fürchtete, wenn sie sich auf der Straße zeigte, würde sie von den Leuten verspottet und ausgelacht. Da sprach sie zur Jungfrau Maleen: „Dir steht ein großes Glück bevor; ich habe mir den Fuß vertreten und kann nicht gut über die Straße gehen; du sollst meine Brautkleider anziehen und meine Stelle einnehmen; eine größere Ehre kann dir nicht zuteil werden." Die Jungfrau Maleen aber schlug es aus und sagte: „Ich verlange keine Ehre, die mir nicht gebührt." Es war auch vergeblich, daß sie ihr Gold anbot. Endlich sprach sie zornig: „Wenn du mir nicht gehorchst, so kostet es dich dein Leben. Ich brauche nur ein Wort zu sagen, so wird dir der Kopf vor die Füße gelegt." Da mußte sie gehorchen und die prächtigen Kleider der Braut samt ihrem Schmuck anlegen.

Als sie in den königlichen Saal eintrat, erstaunten alle über ihre große Schönheit, und der König sagte zu seinem Sohn: „Das ist die Braut, die ich dir ausgewählt habe und die du zur Kirche führen sollst." Der Bräutigam erstaunte und dachte: ‚Sie gleicht meiner Jungfrau Maleen, und ich würde glauben, sie wäre es selbst, aber die sitzt schon lange im Turm gefangen oder ist tot.' Er nahm sie an der Hand und führte sie zur Kirche. An dem Wege stand ein Brennesselbusch, da sprach sie:

„Brennettelbusch,
Brennettelbusch so klene,
wat steist du hier allene?
Ik hef de Tyt geweten,
da hef ik dy ungesaden,
ungebraden eten."

„Was sprichst du da?" fragte der Königssohn. „Nichts", antwortete sie, „ich dachte nur an die Jungfrau Maleen." Er verwunderte sich, daß sie von ihr wußte, schwieg aber still.

Als sie an den Steg vor dem Kirchhof kamen, sprach sie:

„Karkstegels, brik nich,
bün de rechte Brut nich."

„Was sprichst du da?" fragte der Königssohn. „Nichts", antwortete sie, „ich dachte nur an die Jungfrau Maleen."

„Kennst du die Jungfrau Maleen?“

„Nein“, antwortete sie, „wie sollte ich sie kennen, ich habe nur von ihr gehört.“ Als sie an die Kirchtüre kamen, sprach sie abermals:

„Karkendär, brik nich,
bün de rechte Brut nich.“

„Was sprichst du da?“ fragte er. „Ach“, antwortete sie, „ich habe nur an die Jungfrau Maleen gedacht.“

Da zog er ein kostbares Geschmeide hervor, legte es ihr an den Hals und hakte die Kettenringe ineinander. Darauf traten sie in die Kirche, und der Priester legte vor dem Altar ihre Hände ineinander und vermählte sie. Er führte sie zurück, aber sie sprach auf dem ganzen Weg kein Wort. Als sie wieder in dem königlichen Schloß angelangt waren, eilte sie in die Kammer der Braut, legte die prächtigen Kleider und den Schmuck ab, zog ihren grauen Kittel an und behielt nur das Geschmeide um den Hals, das sie von dem Bräutigam empfangen hatte.

Als die Nacht herankam und die Braut in das Zimmer des Königssohnes sollte geführt werden, so ließ sie den Schleier über ihr Gesicht fallen, damit er den Betrug nicht merken sollte. Sobald alle Leute fortgegangen waren, sprach er zu ihr: „Was hast du doch zu dem

Brennesselbusch gesagt, der an dem Weg stand?“

„Zu welchem Brennesselbusch?“ fragte sie, „Ich spreche mit keinem Brennesselbusch.“

„Wenn du es nicht getan hast, so bist du die rechte Braut nicht!“ sagte er. Da half sie sich und sprach:

„Mut herut na myne Maegt,
de my myn Gedanken draegt.“

Sie ging hinaus und fuhr die Jungfrau Maleen an: „Dirne, was hast du zu dem Brennesselbusch gesagt?“

„Ich sagte nichts als:

Brennettelbusch,
Brennettelbusch so klene,
wat steist du hier allene?
ik hef de Tyt geweten,
da hef ik dy ungesaden,
ungebraden eten.“

Die Braut lief in die Kammer zurück und sagte: „Jetzt weiß ich, was ich zu dem Brennnesselbusch gesprochen habe!“ und wiederholte die Worte, die sie eben gehört hatte. „Aber was sagtest du zu dem Kirchensteg, als wir darübergingen?“ fragte der Königssohn. „Zu dem Kirchensteg?“ antwortete sie. „Ich spreche mit keinem Kirchensteg.“

„Dann bist du auch die rechte Braut nicht.“

Sie sagte wiederum:

„Mut herut na myne Maegt,
de my myn Gedanken draegt."

Lief hinaus und fuhr die Jungfrau Maleen an: „Dirne, was hast du zu dem Kirchsteg gesagt?"

„Ich sagte nichts als:

Karkstegels, brik nich,
bün de rechte Brut nich."

„Das kostet dich dein Leben!" rief die Braut, eilte aber in die Kammer und sagte: „Jetzt weiß ich, was ich zu dem Kirchsteg gesprochen habe." Und wiederholte die Worte. „Aber was sagtest du zur Kirchentür?"

„Zur Kirchentür?" antwortete sie. „Ich spreche mit keiner Kirchentür."

„Dann bist du die rechte Braut nicht." Sie ging hinaus, fuhr die Jungfrau Maleen an: „Dirne, was hast du zu der Kirchentür gesagt?"

„Ich sagte nichts als:

Karkendär, brik nich,
bün de rechte Brut nich."

„Das bricht dir den Hals!" rief die Braut und geriet in den größten Zorn, eilte aber zurück in die Kammer und sagte: „Jetzt weiß ich, was ich zu der Kirchentür gesprochen habe!“ und wiederholte die Worte. „Aber wo hast du das Geschmeide, das ich dir an der Kirchentür gab?“

„Was für ein Geschmeide?“ antwortete sie. „Du hast mir kein Geschmeide gegeben.“

„Ich habe es dir selbst um den Hals gelegt und selbst eingehakt; wenn du das nicht weißt, so bist du die rechte Braut nicht.“ Er zog ihr den Schleier vom Gesicht, und als er ihre grundlose Häßlichkeit erblickte, sprang er erschrocken zurück und sprach: „Wie kommst du hierher? Wer bist du?“

„Ich bin deine verlobte Braut, aber weil ich fürchtete, die Leute würden mich verspotten, wenn sie mich draußen erblickten, so habe ich dem Aschenputtel befohlen, meine Kleider anzuziehen und statt meiner zur Kirche zu gehen.“

„Wo ist das Mädchen“, sagte er, „ich will es sehen, geh und hol es hierher.“ Sie ging hinaus und sagte den Dienern, das Aschenputtel sei eine Betrügerin, sie sollten es in den Hof hinabführen und ihm den Kopf abschlagen. Die Diener packten es und wollten es fortschleppen, aber es schrie so laut um Hilfe, daß der Königssohn seine Stimme vernahm, aus seinem Zimmer herbeieilte und den Befehl gab, das Mädchen augenblicklich loszulassen. Es wurden Lichter herbeigeholt, und da bemerkte er an seinem Hals den Goldschmuck, den er ihm vor der Kirchentür gegeben hatte. „Du bist die rechte Braut", sagte er, „die mit mir zur Kirche gegangen ist; komm mit mir in meine Kammer." Als sie beide allein waren, sprach er: „Du hast auf dem Kirchgang die Jungfrau Maleen genannt, die meine verlobte Braut war; wenn ich dächte, es wäre möglich, so müßte ich glauben, sie stände vor mir: du gleichst ihr in allem." Sie antwortete: „Ich bin die Jungfrau Maleen, die um dich sieben Jahre in der Finsternis gesessen, Hunger und Durst gelitten und so lange in Not und Armut gelebt hat; aber heute bescheint mich die Sonne wieder. Ich bin dir in der Kirche angetraut und bin deine rechtmäßige Gemahlin." Da küßten sie einander und waren glücklich für ihr Lebtag. Der falschen Braut ward zur Vergeltung der Kopf abgeschlagen.

Der Turm, in welchem die Jungfrau Maleen gesessen hatte, stand noch lange Zeit, und wenn die Kinder vorübergingen, so sangen sie:

„Kling klang kloria,
wer sitt in dissen Toria?
Dar sitt en Königsdochter in,
die kann ik nich to seen krygn.

De Muer, de will nich bräken,
de Steen, de will nich stechen.
Hänschen mit de bunte Jak,
kumm unn folg my achterna."

Über Max Lüthi

Max Lüthi, Dr. phil., geb. am 11. März 1909 in Bern
1936 Gymnasiallehrer für Deutsch in Zürich
1968 a. o. Professor für europäische Volksliteratur an der Universität Zürich
1979 Honorarprofessor
1988 Verleihung des Märchenpreises der Walter-Kahn-Stiftung

Hauptveröffentlichungen:

Das europäische Volksmärchen (1947, 8. Aufl. 1985).

Volksmärchen und Volkssage. Zwei Grundformen erzählender Dichtung (1961, 3. Aufl. 1975).

Volksliteratur und Hochliteratur (1970).

Märchen (1962, 8. Aufl. 1990).

Es war einmal . . . Vom Wesen des Volksmärchens (1962, 6. Aufl. 1983).

So leben sie noch heute (1969,3. Aufl. 1989).

Das Volksmärchen als Dichtung. Aesthetik und Anthropologie (1975, 2. Aufl. 1990).

Shakespeares Dramen. Interpretationen (1975, 2. Aufl. 1966).

Shakespeare: Dichter des Wirklichen und des Nichtwirklichen (1964, vergriffen).

Märchen-Stiftung Walter Kahn

Die Träger des Märchenpreises haben folgende Märchen ausgewählt

Max Lüthi
Preisträger 1988
Prinzessin Mäusehaut
Märchen der Brüder Grimm

Otto Betz
Preisträger 1987
Ich will in die weite Welt gehen
Vom Abenteuer des Lebens
Deutsche Märchen seit Grimm

Die schlafende Stadt
Märchen von Walter Kahn

In Vorbereitung:

Marianne Klaar
Preisträger 1985
Sonnenherr, Mondmann und Jungfer Siebenstern
Märchen von den griechischen Inseln
Neu erzählt von Walter Kahn

Rudolf Geiger
Preisträger 1990
König Lindwurm
Märchen aus Dänemark, Schweden und Norwegen

Isidor Levin
Preisträger 1989
Russische Märchen

Felix Karlinger
Italienische Märchen

Die Reihe wird fortgesetzt